超怖い物件

平山夢明、宇佐美まこと 他

講談社

目次

超怖い物件

超怖い物件

氷室

宇佐美まこと

松友《まつとも》は、土間《どま》の隅にある重い板を持ち上げた。

床下に暗い空間が現れた。直樹《なおき》は腰をかがめて、ぱっくりと開いた入り口を覗き込んだ。コンクリート製の階段が下へ続いている。

「何です？　これは」

「氷室《ひむろ》さ」

「氷室？」

「昔は、ここへ氷の塊を保管しておいた。冷蔵庫が普及してなかった時代に」

松友は、外した板を階段の上に寝かして、大きな塊を滑らせる仕草をして見せた。

「溶けないんですか？」

直樹の後ろに立った内藤八重子《ないとうやえこ》が尋ねた。

「溶けないいさ。積み重ねて筵《むしろ》をかけておくんだ。氷室の中はもともと温度が低いから」

松友に促されて、直樹は恐る恐る階段を下りた。ひんやりとした冷気に包まれる。

「ほんとだ」

「だろ？　一年中温度は変わらないんだ」

「不思議ねえ。ただ床下ってだけなのに」

八重子は見下ろすだけで、下りて来ようとはしなかった。

この家は、もともと船具屋だったという。港のすぐ近くだから、フロートやロープや船底塗料、アンカー、各種金具などを扱う商売をしていたようだ。さらに、漁船用に氷も扱っていたということだ。それももう何十年も前の話だ。この家を引き継いだ七十代の松友が子供の頃のことらしい。

「今なら倉庫として使えるわね。この家、いいでしょう？」

「そうですね」

「気に入った？」

「ええ」

「じゃあ、決めちゃう？」

「そうしてくれると助かるな。兄貴が死んでから空き家になってたから」

松友がほっとしたように言った。

それが半年前のことだ。直樹はこの古民家を買って移住してきた。縁もゆかりもない土地へ。海のそばの寂れた商店街の一角にある家で、築百年以上経っているそうだ。大きな梁や柱はどっしりとして風格があるが、どこもかも古びていて使い勝手も悪い。それに前の住人の家財道具がそのまま置いてある。遠くに住む松友は、兄が死んでから片付けもせずに放っておいたようだ。

そのせいで破格の値段だった。三十五歳で、それほど貯蓄がない直樹にも何とか手が届いた。船具屋だった一階は、広い土間になっている。そこで古本とアンティーク雑貨を商う店を開いた。たいして客は来ないが、気にはならなかった。そのうちネットでも販路を広げるつもりだ。

この家もネットで探し出してきた。「みなと町古民家バンク」というホームページがあって、何度か覗いているうちに目についた。瀬戸内海に面したこの四《よ》ツ浜《はま》商店街は、昔は栄えていたというが、港に着く船の便が少なくなり、市中心部へと人の流れが移ってだんだんと寂れてきた。何十軒もあった商店も次々と閉店していったという。だが面白いもので、そんな雰囲気がいいと都会から移住してくる人もいるのだそうだ。

その入り口が「みなと町古民家バンク」だ。内藤八重子という女性が一人で運営している。この商店街で生まれ育ち、一度離れてまた戻って来たという彼女は、ここが廃《すた》れていくのが我慢ならなかったらしい。そこでまだ営業を続けている店主らと「四ツ浜町おこし隊」を作って活動を始めた。市から補助金もいくらかは下りているという。それで空き家になった商店街の家と、移住希望者をつなぐホームページを起《た》ち上げた。

八重子と何度もメールでやり取りしているうちに、直樹もすっかりこの港町に魅了されてしまった。東京での仕事にも行き詰まりを感じていた時だった。思い切って仕事を辞め、のんびりした田舎《いなか》町で自分の店を持とうと決心したのだった。

直樹の無謀な思いつきを知って、母は仰天した。何とかしてやめさせようと説得したが、無駄だった。息子の気持ちが変わらないとわかった時、母は言った。

「お父さんが生きていたらがっかりしただろうね」

その文言が、息子の心を一番揺さぶると心得ているのだ。東京大学を卒業して財務官僚になった父は、直樹の人生の目標であり、師であり、心強い支えでもあった。父も一人息子の直樹には期待をかけていたと思うが、その思いに応えることはできなかった。

その父も去年、事故で亡くなってしまった。父というお手本がなくなって、ふっと体の力が抜けた。もうこれからは自分の生きたいように生きようと決心した。

今、こんな田舎のちっぽけな店の店主になったと知ったら、父はどんなことを言うだろうか。書架に古本を並べながら、直樹は考えた。

「吉岡《よしおか》さん、どう？　うまくいってる？」

入り口のガラス戸を引いて、八重子が入ってきた。直樹は振り返って微笑んだ。

「まあまあです。店をオープンできただけで上出来ですよ」

「そうね。焦らずにゆっくりやればいいわ。何か困ったことはない？」

折に触れ、こうして八重子は様子を見に来てくれる。人付き合いが苦手な直樹だが、彼女のおかげで商店街の一員として何とかやっていけている。

彼女を店の奥の上がり框《かまち》に誘った。小さな畳敷きの部分は、昔は帳場として利用されていたのだろう。店番をする直樹も便利に使っていた。背後の板戸の向こうは居間で、その奥は台所になっている。職住が近接していた商家の造りだ。

「今、コーヒーを淹《い》れたところなんです」

直樹が差し出したカップを、八重子は嬉しそうに受け取る。

「いずれコーヒー豆も置くようにしようかと思っているんです」

「いいわね。ゆくゆくは店の一角でカフェも開いたらどう？　吉岡さんが淹れてくれるコーヒー、抜群に美味《おい》しいもの」

商店街の入り口近くにあるケーキ屋さんのケーキも出すようにしたらいいと八重子は言った。私がつないであげるからと。直樹は礼を言って、八重子をつくづくと眺めた。この人のアイデアと行動力には舌を巻く。年齢は五十歳ちょっと前だと言っていたが、バイタリティ溢れる人だ。一度は火の消えかかった商店街を復活させるために走り回っている。彼女のおかげでシャッターを下ろしていた店が、一軒、また一軒と看板を掲げるようになったのだと聞いた。ケーキ屋も他県からの移住者だそうだ。

「上は片付いたの？」

八重子は視線で天井を指した。

「いやあ、なかなか。とりあえず一部屋だけは空けて、そこで寝起きしています。僕にはそれで充分だから」

松友は、兄が遺したものはすべて処分してくれてかまわないと言った。大事なものはもうないからと。彼の兄という人は結婚もせず、ずっと一人暮らしだったという。二階に上がる階段は、こういった商家に多い急なもので、そこから転落して亡くなったということだ。足元がおぼつかなくなった老人には、向かない家屋ではある。

二階には、直樹が寝室として使っている部屋以外にまだ五部屋もあって、昔は大家族が暮らしていたのだと知れた。簞笥《たんす》の中には衣類がぎっしり詰まっていたし、鴨居には、昨日まで着ていたかのように、ハンガーにかかった上着が吊るされていた。誰の趣味だったのか、茶道具やプラモデルやウクレレ、テントやカンテラなどの登山道具まであった。すべては古びていて、価値のないものばかりだ。

本棚の本も、下の店に並べるほどのものではなかった。本棚の中にアルバムがあって、家族の写真がたくさんあった。整理されずに紙袋に入れてある写真は比較的新しかった。商店街での行事や、町内会で行った旅行などの写真だった。その中心に写っているのが、松友の兄に当たる人なのだと見当がついた。丸い顔の穏やかそうな老人だった。

これらすべてを、松友はいらないと断じたわけだ。死んだ老人には大事なものだったかもしれないが、実家を離れて久しい松友からすれば、ガラクタ同然なのだろう。片付け始めた時は、いちいちそれらを取り出してみて、想像をたくましくしたものだが、そんなことをしていたら時間を取られて仕方がない。そのうち処分をしなければならないだろうが、今はそのまま置いてある。

「それより、例のカバン屋さんの話はどうなりました？」

そう話を向けると、八重子はちょっと顔を曇らせた。

「ご本人はやる気十分なんだけど、いい物件がなくて――」

少し前に八重子から聞いていたのは、一つ一つ丁寧に革で手作りをするカバン屋が工房を移すにあたって、適した物件を探しているというものだった。

「この商店街は気に入ってくれているんだけどねえ」

手持ちの資金が少なくても開店できるこういった商店街は、都会に住む人からは注目されている。こうして集まってきた人々の店が人気を呼んで、商店街そのものにも活気が生まれる。それこそが、八重子の目指すところなのだ。だが、そうした人の要望に応えられる物件がいつもあるとは限らない。そこがマッチングの難しいところだと八重子はこぼした。

「お店を閉めても、二階の住居で暮らしているお年寄りがいたりして、売ったり貸したりしたがらないのよね」

商家の造りは、店と住居の出入り口が同じというものがほとんどだ。だから階下の店だけを切り離せない。八重子も結構苦労しているようだ。

「説得してはいるけど、なかなかうんと言ってもらえない」

例のカバン屋は、別の土地の物件も当たっているようで、よそへ移住してしまうかもしれないそうだ。ネット上で人気のカバン屋らしく、八重子は悔しそうに唇を噛んだ。

「あのお店がこっちに来てくれると、全然違うんだけどねえ」

カバン屋が出す条件に見合った物件の心当たりが、一応はあるような感じだ。持ち主との交渉がうまくいかないのだろう。一つ大きなため息をつく。それから思い出したように、「あの氷室はどうしたの？」と問うた。

「ああ、あれはあのまま、蓋をして放ってあります。特に用途もないから」

八重子が上がり框から腰を上げたので、直樹も土間に下りた。二人で氷室のそばまで行った。厚い板で覆われた氷室は、そう言われなければわからない。そこに大きな空間があるとは誰も気づかないだろう。そばのコンクリートの床には、年代物の大きな金庫が据えてあった。これも船具屋時代に使っていたものだろうが、中は空っぽだ。邪魔なので除《ど》けたいけれど、重すぎて動かせない。仕方がないので、そのまま置いてある。

八重子は板の蓋の上に乗ってみて足踏みをした。

「すごい丈夫ねえ。ここ、何かに使えればいいのにね」

彼女の頭は常に、新しいアイデアをひねり出そうと動いている。

四ツ浜商店街には、八重子の努力により新しく開店した店と、元々営業している店とが共存している。古くからの店の固定客はたいてい地元民だ。「みなと町古民家バンク」のホームページでは、そういった店も紹介している。それで知って、直樹が時々足を運ぶ店がある。水曜日と土曜日の夜だけ店を開ける居酒屋だ。直樹の店は木曜日が休みだから、水曜日の晩に行くのにちょうどいい。営業日を減らしているのは、店主が年を取っているせいだろう。土曜日はどうか知らないが、あまり客もいない。そこが直樹の気に入っている点だ。やはり他人と口をきくのは億劫《おっくう》なのだ。店を構えて二ヵ月以上経つが、まだこの商店街には溶け込めていない。八重子以外の人物とはあまり交流がない。

商店街の店と店との間の細い路地を抜けていった先にある「むらさき」という店だ。直樹の店からも近い。魚市場から仕入れた新鮮な魚を捌《さば》いて出してくれる。店主の口数が少ないのもいい。年季の入ったカウンターと、テーブル席が一つだけの小さな店だ。照明も薄ぼんやりしていて、暗い。だが、水曜日の晩、カウンター席に座るとなぜか落ち着くのだった。

テーブル席で飲んでいる地元の人がいる時もあるが、会話がうるさいということはない。曲がったカウンターの先に、いつも同じ老人が座って飲んでいる。常連客だろうが、そういった人と言葉を交わすこともない。客が少ないから、慣れてくると店主とだけは会話をするようになった。

「店を開けてない日があるのはもったいないから、内藤さんがそういう日は別の人に貸したらどうかって言うんですよ」

「へえ」

サヨリの刺身を口に持っていきながら、直樹は答えた。店を持ちたいけれど、まだ決心がつかなかったり資金が足りなかったりする市内の人に、「チャレンジショップ」と称して曜日ごとに店を貸すというアイデアらしい。そういう希望者の研修会に八重子が出向いていって思いついたという。さすがは八重子だ。

「いずれ店を閉めるつもりなら、そういった人の一人に店を譲る手もあるって」

「いいじゃないですか」

「でもねえ――」実直そうな店主は言い渋った。

言葉を待っている間に、店主はそら豆の塩ゆでをさっと出してくれる。

「あんまり気が進まないんですよ。店が潰れるなら潰してもいいってね。この家から出ていきたくはないですよ。慣れたとこだから」

この人も、店の二階に住んでいるのだ。

「内藤さんは、いろいろと案を出して利用法を考えてくれるんだけど、どうもね」

彼女の熱意に押されてたじたじとなっている店主の様子を思い浮かべて、頬が緩んだ。彼女は愛する商店街のために走り回っているのだが、時にそれは空回りすることもあるのだ。長くここに住んでいる人の心情とは、少しずれが生じているのかもしれない。

カウンターの向こうに座っている老人は、聞いているのかいないのか、黙って座っている。あちら側の照明が切れているので、いつも暗がりの中にいるように見える。彼に店主が話しかけることもない。手酌《てじゃく》で燗酒《かんざけ》を飲んでいるようだが、手元もよく見えなかった。どこかで見た顔だから、きっとこの近くに住んでいる人なのだろう。商店街の中ですれ違ったことがあるのかもしれない。いつも同じ姿勢で、同じ表情だ。地味な服も、いつも似たようなものだ。

直樹はいつも老人よりも先に店を出る。彼はそうアルコールをたしなむ方ではない。ただ居酒屋にふらりと飲みにいくという生活様式を楽しんでいるというところがあった。自由なのだと思う。そんな気まぐれができる今の生活が愛おしかった。

大正時代を思わせるガラスの笠を被った電球が、自分の店の引き戸の上にぽつんと点《とも》っている。これまた金属製の前時代的な鍵を取り出して、店の引き戸を開けた。コンクリートの床に、直樹の靴音が響く。氷室のそばを通る時、蓋の隙間から冷たい風が吹き上げてきたような気がして、ふと足を止めた。床の下に口を開けたがらんどうの空間を思った。暗くてひんやりした空間のことを。そこにじっとうずくまる自分を想像してみた。きっと居心地がいいだろうと思い、すぐさまそんな思いを振り払った。

直樹は足早に氷室から離れた。

例のカバン屋が、家族ごと移住して来てくれることになった。八重子は有頂天だ。注文を受けても、半年待ちだという人気のカバンを作る職人らしい。東京都内に工房をかまえていたのだが、子供が喘息《ぜんそく》気味なので、空気のいいところで育てたいという希望を持っていたようだ。ネット上で注文を受けるそうだから、どこに住んでもやっていけるということだろう。

あちこちの地方の移住促進プログラムなどを閲覧し、条件に合う土地と物件を探していたという。それでたまたま四ツ浜商店街が目に止まり、何度か下見に来て決めたようだ。八重子がこまめに連絡し、情報を収集して、彼らの意に沿うような家を探したのが功を奏したらしい。

「あの人たちが出した条件に合う家がなかなか見つからなくて苦労したんだけど――」

直樹の店に立ち寄った八重子が興奮した口調で説明してくれた。きっと商店街の誰にでも同じ話をしているのだろうが、何度話しても話し足りないというふうだ。

工房にできる広い空間を含む間取り、子供が走り回れる庭、日当たりのよさ、築年数、二台分の車庫、リフォームのしやすさなど、夫婦が出した条件はかなり厳しかった。それに合致する物件を八重子は見つけ出してきた。元は和菓子屋だったという家で、工場と店があった一階は、かなり広いものだった。最近まで二階に老婆が一人で暮らしていたのだが、亡くなって空き家になったのを、相続した息子を説得してカバン屋に売り渡すことになったらしい。

その元和菓子屋のことは、直樹も知っていた。老婆も時折商店街で見かけていた。彼女は風呂で溺《おぼ》れて亡くなってしまったのだ。離れて住んでいた息子が発見して救急車を呼んだという。その救急車のサイレンも聞いた。そんな家だから、ちょっと縁起が悪いのではとふと思ったが、家が空き家になる時なんて、そんなものだろうと思い直した。現に自分が買った家だって、老人が亡くなった後のものだ。

元和菓子屋は、しばらくすると改装されて、見違えるようにしゃれた造りになった。八重子が何度も見に行って、写真を撮っていた。「みなと町古民家バンク」のホームページにアップするのかもしれない。

直樹の店も、そこで宣伝してもらえたおかげで、市外からも客が来てくれるようになった。商店街への人の流れは確実に増えてきている。母に電話した。元気でやっている、店の方も順調だと告げた。

「それはよかったね」

素っ気なく母は言った。一度見に来てよ、と言おうとした言葉を吞み込んだ。おざなりに会話を続けて電話を切った。母の気持ちが手に取るようにわかった。父のように輝かしい人生を手に入れられなかった息子に失望しているのだ。

直樹にとっても父は憧れの存在だった。父を目指して小さい時から勉学に励んだ。小学生、中学生と成績はトップクラス、高校は指折りの進学校へ進んだ。そこでも必死で勉強をしたが、上位に食い込むことはできなかった。関東一円、いや、全国から優秀な生徒が集まってくるような学校なのだ。運動部と両立しながら、トップ争いをするような生徒もたくさんいた。塾に通い、寝る間も惜しんで勉強しても追いつけなかった。直樹は疲弊《ひへい》し、ぼろぼろになりながらも、父の後を追っていった。

大学受験に失敗して浪人した。それでも両親の期待を一身に背負って自分に鞭《むち》打った。三浪して滑り止めの私立大学に進学した時は、ひどい挫折を味わった。偉大な父に追いつけなかったことに。父は人生の目標であり、越えていくべき壁だと思っていた。ところが越えるどころか近づくことさえできなかった。鬱々《うつうつ》と大学生活を送り、当然のなりゆきとして、三流の会社に就職した。その時、父が言った言葉は忘れられない。

「まだまだチャンスはある。働きながらでも自分を高めて次のステップを目指せばいい」

どこまで頑張ればいいんだ。脱力感と虚無感。父という壁が、いつまでもそこにあるやりきれなさ。

ここにはそんなものはない。気楽に自儘に生きていける。そう思っていた。だが、ふとした瞬間にまた父の呪縛に囚われそうになる。もう父は死んでしまったというのに。直樹はスマホと財布だけをポケットに突っ込んで立ち上がった。

「むらさき」の暖簾《のれん》は出ていなかった。店に明かりは点いている。ガラス戸を通して中を窺っていると、カウンターの中に店主がいるのが見えた。向こうも気がついて、身振りで入ってくるように促した。入り口はするすると開いた。

「もう店を畳もうと思ってね」

意外な言葉に驚く。よく見たら、店主は腕を吊っていた。

「転んで腕を怪我しちゃって。料理人がこれじゃあね」

八重子の提案に従って、ここはチャレンジショップとして貸すことにしたと続けた。自分はしばらく県外の娘夫婦のところに行くつもりだと。

「それは寂しいですね。僕、ここしか来るとこなかったから」

そう言うと、店主は申し訳なさそうに頭を下げた。日曜日の晩に、暗い道を歩いていたら、後ろから来た自転車にぶつかられて転倒したのだそうだ。自転車はそのまま走り去ったらしい。

「ほら、後宮川《あとみや》の横の道。もうちょっとで川に落ちるところだった」

増水していたから危なかった。これくらいの怪我ですんでよかったと店主は寂しそうに微笑んだ。

「僕だけじゃないですよ。常連さんが困ると思うな。あの、いつもカウンターの奥の席に座っていたお爺さんなんか」

「え？」店主は直樹が指さすカウンター席を振り返って首を傾げた。「勘違いだろう。そんな人、心当たりがないよ。あの奥は暗いから誰も座らないんだ」

直樹は店を出た。ゆっくりと細い路地を歩く。向こうから誰かがやって来るのがわかった。コツンコツンと杖をついてゆっくり歩いて来る。その人物の顔を見て、直樹の頬は緩んだ。いつものあの老人だった。やっぱりいるじゃないか。水曜日の晩は、この人はいつもあのカウンター席に座っている。

「あの……」直樹がかけた言葉に、老人は立ち止まった。『むらさき』は今日はお休みです。いや、今日だけじゃなくってずっと。もうお店を閉めるんだそうです」

「ほう」

丸い顔の老人はそれだけ言って、さらに近寄って来た。暗がりから一歩踏み出す。杖にすがるようにして。この人、脚が悪いのか。いつも座っているからわからなかった。視線を老人の脚に落とし、直樹は叫び声を上げそうになった。彼の脚は、おかしな具合に曲がっていた。とてもあり得ない方向に。老人の両脚は折れているのだった。

「あんたに言っておくことがある――」

老人のかすれた声が耳に入り込んできた。

明るい光に、直樹は目を開いた。ゆっくりと周囲を見回す。見慣れた自宅の寝室にいることがわかった。昨晩ここに帰って来たことは、よく憶えていない。布団を持ち上げて起き上がった。廊下に出て、隣の部屋の襖を開けた。最近は入らない部屋だ。本棚の中のアルバムに挟まれた紙袋を抜く。袋の中から写真を取り出した。丸い顔の老人が、真っすぐに直樹を見詰めてきた。

どこかで見た顔だと思ったあの老人。「むらさき」の薄暗いカウンター席に座っていた彼は、この家の元の家主だった。ゆっくりと視線を鴨居に移す。そこにかけられた上着は、あの老人が着ていたものだ。袖口が折り返してあって、灰色と黄土色のチェックの布地が見えている上着。どうしてこれに気がつかなかったのか。水曜日ごとに彼は直樹の前に現れて、何かを伝えようとしていたのに。

直樹は急な階段を下りた。老人はここから落ちて命を落としたのだ。靴を履いて土間に下りる。土間の隅の氷室の蓋を開けた。冷たい空気が上がってきて、直樹を包み込む。蓋を壁にもたせかけたまま、階段を下りた。何もない氷室の中に、膝を抱えて座り込んだ。とても落ち着いた気分だ。どこもかもが冷えている。氷はなくなっても、冷気は残っていてこうして迎えてくれる。この家に氷室があった理由がよくわかった。そして自分がここを買った理由も。何もかもに理由がある。それがようやくわかった。

父は大いなる壁だった。どんなに努力しても前に立ちはだかる障壁だ。父のようにはなれない。なりたいと思ってきたけれど、到底無理な話だった。努力しても報われない。父がいる限り、この屈辱感からは逃げられない。三流会社からも抜け出すことを強いる父の言葉は苦痛でしかなかった。この人がいる限り、自分は走り続けなければならない。絶対にたどり着けないゴールを目指して。

だから――、

だから父を殺した。車庫入れをしている時、車の後ろに父がいることを知りながら、ギアをバックに入れ、思い切りアクセルを踏んだ。ガスンという嫌な音がした。それで終わりだった。長い間、直樹を苦しめてきた壁が崩れた音だった。

事故の後、アクセルとブレーキを踏み間違えたのだと警察に説明した。父の死は、不幸な事故として処理された。だが、母は勘付いていたのかもしれない。息子の屈折した思いがそうさせたのだと。

もう母のそばにもいられなかった。呪縛から解き放たれた自分は自由だと思った。それで、こんなに遠くの寂れた商店街まで逃げてきた。ここには氷室が口を開けて待っていたのだ。罪を犯した者を呑み込むための冷たい空間が。虚ろな空間は、直樹の心の中にぽっかり空いた空洞と同じだった。

　もう何も考えなくていい。ずっとここにいれば幸せなのだ。

「吉岡さん？」八重子の声がした。近づいて来る足音。氷室の口に、八重子の顔が見えた。

「そこで何をしているの？」

　直樹は上に向けて笑いかけた。

「内藤さんもここに来てみてください。すごく気持ちがいいから」

　八重子は逡巡したようだが、恐る恐る階段を下りてきた。

「さあ、ここに座って」

　歌うように言う直樹を、気味悪そうに見下ろしたが、おとなしく彼の隣に腰を下ろした。

「ね？　落ち着くでしょ？　ここ。冷たくて暗くて」

　八重子は返事をせず、不安げに直樹を見返した。直樹は安心させるように頷いた。

　彼女も氷室に入る理由がある。

　あの老人が教えてくれた。彼を階段から突き落としたのは八重子だ。新店舗として提供できる格好の物件に居座る老人を殺した。彼女はこの商店街を復活させることに夢中だった。かつての賑わいを取り戻すことに。「四ツ浜町おこし隊」を作り、「みなと町古民家バンク」を起ち上げた。都会から人を呼び込むことにのめり込んだ。それはもう異常なほどに。

移住希望者が増えるにつれ、彼女はくるくると立ち働いた。相手が欲する物件を用意することに心血を注いだ。せっかく興味を持ってくれた人が、よその町に持っていかれるのは我慢できなかった。

だから――、

家に居座る年寄りたちを消していった。いとも簡単に。元船具屋の老人を突き落として始末し、元和菓子屋の老婆を風呂場で溺死させた。説得に耳を貸さない「むらさき」の店主を後宮川に突き落とそうとした。他にも直樹の知らない犯罪に手を染めているのかもしれない。並んで座った直樹と八重子の周囲で、冷気が渦巻いた。

「わかったから、もう出ましょうよ」

八重子の口から、白い息が吐き出される。八重子はぶるっと体を震わせて、自分の体を両腕で掻き抱いた。

その時、氷室の蓋がぐらりと動いた。誰かが重い蓋を支えて動かそうとしているのだ。

「え!? ちょっと!」

八重子が驚いて腰を浮かした。蓋を動かす腕の袖口に、灰色と黄土色のチェックの折り返しがあるのが見て取れた。直後、氷室の蓋はバタンと落とされた。真っ暗闇に包まれる。恐れ慄いた八重子は「ヒッ！」と短い叫び声を上げた。

ズズズッ――。

重い何かが引きずられる音。氷室の口のそばにあった金庫が動いている。重量のある金庫はいとも簡単に動かされて、氷室の蓋の上に載った。

弾かれたように八重子が立ち上がるのが、冷気の動きでわかった。階段を駆け上がる彼女の輪郭《りんかく》が、蓋の隙間から漏れてくる細い光に浮かび上がった。八重子は狂ったように木蓋の裏側を叩いた。

「誰か！　誰か！　助けて！　そこにいるんでしょ！　お願い！」

誰も返事をしない。もう何の気配もない。

「無駄ですよ、内藤さん。あれは、あなたが――」

言い終える前に、八重子は階段の途中で泣き崩れた。

「ここにいましょうよ。ずっと。ここが僕らのいる場所なんだ」

直樹の声が氷室の奥に吸い込まれていった。

倒福

大島てる

大島《おおしま》てる【註1】様

突然このような手紙を送りつける無礼をお許しください。

私は、三年前にあなた様にとんでもないことをしでかして警察のお世話になってしまった洋輔《ようすけ》【註2】の父です。その節は大変申し訳ございませんでした。あらためてお詫《わ》び申し上げます。

思い出したくもないこととは重々承知の上ですが、あの事件について今どうしてもお伝えしたいことがあり、今さらながら筆を執った次第です。

息子が全く反省していないのです。

ご存知《ぞんじ》のとおり、息子が逮捕されたのは、ツイッター上であなた様に対して暴言を吐いたからです。ただ、息子が実際にあなた様を刃物で襲うなど当時はあり得ないことだったのです。あなた様に恐怖心を抱かせてしまったことは親として猛省しておりますが、現実問題、あの子には無謀な企てでした。

と申しますのも、息子は昔から口先だけの人間だったからです。例えば、「東大に行く」と言っては一切勉強をせずに落ちてしまったり、こんどは芸大【註3】だと言ってみたり。

進学に関してばかりではありません。グラフィックデザイナーとして独立すると言いながらいつまでも単なるサラリーマンでい続けたり、10kg減量すると宣言した次の日には趣味の二郎インスパイア系のラーメン屋めぐりを再開したりと、いちいち詳細を記すのも恥ずかしいほどです。

ですから、こんなに意志薄弱では一生底辺のままではないかという心配こそあったものの、世間様に実害をもたらすようなことだけはないだろうと、そう考えておりました。

ところが、最近になってどうも様子がおかしいのです。

高校卒業時に家を出て【註4】以来、息子は私たち夫婦と離れて暮らしています。もちろん事件当時もでした。そのため、息子が日々何を考えどう過ごしているのか、手に取るようにはわかりません。事件の一報を刑事さんから知らされた時も心底驚いたものです【註5】。

そうは言っても親子関係は決して悪くはなく、たまには会いもする【註6】ので、近頃息子の心境に変化があったことくらいはわかります。愚妻もきっと同じように感じていることでしょう。

事件から三年経《た》ったと冒頭にも書きましたが、どうやらそのことが関係しているようなのです。私は法律に疎《うと》いのでよくわかりませんが、三年で時効になるのだとか。既《すで》に逮捕されたのに時効も何もあったものではないとも思うのですが……。

いずれにしても、もう裁判沙汰にはならないと息子は嘯《うそぶ》いています。あなた様は温情で、息子が反省しているのならと、条件付きで損害賠償請求をしないとおっしゃってくださいました。少なくとも私はそのように弁護士から聞いております。

それが、三年経った今となっては、もはや時効であるため、反省していようがいまいが、今さら慰謝料を払えだとかそういうことは言われなくなるらしく、これで事件は完全に過去のものだと、そういう風に息子は開き直っているというわけです。私には到底理解できません。他人様《ひとさま》にご迷惑をおかけしたのだから、一生罪を償《つぐな》っていくべきだと私自身は思います。それなのに息子は、罰金を払って留置場からは釈放された、時効だから反省なんかしなくても訴えられることはないという態度です。ハッキリ言って調子に乗っているとしか思えません。

それればかりではありません。事件を忘れるのならまだしも——本来は自らの罪を忘れることは決して許されませんが――どうやらまた良からぬことを考えているようなのです。

息子は、捕まっていた鎌倉署《かまくら》【註7】で刑事たちに殴る蹴るの暴行を加えられたと言っていました。古い世代の人間である私からすれば、犯罪者に厳しく接するのは当たり前のことではないかと思います。さもなければ、犯罪がどんどん増えてしまうでしょう。今、アメリカや香港では警察に対して暴動が起きているようですが、私には世も末だとしか思えません。ただ、息子は刑事による暴行がどうしても許せないようなのです。後で必ず復讐《ふくしゅう》すると、釈放直後から話していました。

それ自体はあなた様には関係のないことかと思い、今までわざわざお伝えすることは控えておりました。それが今は、被害者であるあなた様に対してまで、復讐を口走るようになってしまっているのです。

聞けば、そもそも事件について現在に至るまで、あなた様に一度も謝罪していないそうではありませんか。法的には被害者に謝罪する義務はないと私も弁護士から教えられましたが、それでは社会人失格と言わざるを得ません。このような事態になってしまい、親として非常に恥じ入っております。重ね重ねお詫びするしかありません。

息子は、あなた様のもとへ謝罪に伺うことを警察から止められている、そのような当事者同士の直接の接触は危険で、被害者側の感情を逆撫《さかな》ですることもあるから、と言い訳がましいことばかり並べ立てていました。

もしかしたら、息子は当初から一切反省などしていなかったのではないかとさえ感じます。

そうであればなおさらなのですが、いずれにしても今が非常に危険な状況であることに変わりはありません。事態は切迫しているのです。

先日電話で話した際などは、息子の本音が垣間見《かいまみ》えて恐ろしい気持ちになりました。

曰《いわ》く、

「喧嘩《けんか》両成敗だ」

「何の落ち度も無しにターゲットにされる人間など存在しない。痴漢《ちかん》もあおり運転もみんなそうだ」

「批評をしたのであって、誹謗《ひぼう》中傷はしていない。イエスマンだけに囲まれたかったら、ＳＮＳでの発信をしなければいいだけ」

「ツイッターがダメなら小説はどうしていいんだ？　ミステリー小説に殺人の描写は付き物だろう」

などなど聴くに堪えない暴言のオンパレードでした。

挙句の果てには、

「『言論の自由』を主張するなら、オイラが『殺す』と言う自由もあるはずだ」

「ほんとうの暴力は、暴力の形をしていない事故物件サイトの方だ」

「オイラの逮捕記事を載せたマスコミも許さない。編集部に殴り込みに行ってやる」

「デキる男はだいたい捕まったことがある。マンデラ【註8】然《しか》り吉田茂《よしだしげる》【註9】然り」

などと言い出す始末です。

どこまでご存知かわかりませんが、息子があなた様への脅迫行為に及んでしまった直接のきっかけは、息子の「親友」の福田《ふくだ》君が自殺した現場が、あなた様の事故物件サイトに載っていることに気づいたからです。

「親友」とカギ括弧付きで書いてしまいましたが、親の私から見て、息子に果たして一般的な意味で言う親友が一人でも居たのか甚だ疑問なのです。実は息子は、小さな頃から一貫してイジメ【註10】に遭い続けてきました。同情を買おうというわけではないのですが、息子の人格形成にかなりの影響を及ぼしたことは否定できません。

友だちがいない息子にとって、ほんの少しでも相手をしてくれた福田君は親友に見えたのでしょう。小学生の頃に、落としてしまったテストのプリントを拾ってくれたというたったそれだけのことで親友認定してしまうのですから……【註11】。

話が逸《そ》れてしまいましたが、その福田君が大人になってから自殺したのです。就職活動に失敗してヘリウムガスを吸っての自殺だったと聞いています。その現場マンションはあなた様の事故物件サイトにしっかり載っています。

息子はそれを見つけてついカッとなり、例の数々の脅迫ツイートを投稿してしまったのです。どうやら親友の死が茶化《ちゃか》されていると感じたようです。同級生の自宅マンションは確かに事故物件と化してしまったわけで、私からすれば、たかがそんなことで人生を棒に振るような暴挙に出たなど全く共感できません。友情から一肌脱いだようでいて、その実、同級生はとっくのとうに死んでいるのですし、そもそも親友と呼べる関係だったのかすら怪しいわけですから。

正直言って、私は福田君が憎いです。福田君が自殺さえしなければ、あるいはそもそも生まれてこなければ、息子がこんな事件を起こさずに済んだのです。就活に失敗した程度で自殺なんかすべきでないことは言うまでもありません。親御さんも何のためにそれまで育ててきたのだろうとさぞかし嘆いていることでしょう。

とにもかくにも、息子はその福田君のせいで逮捕されたのです。

そして今、自分に暴行した刑事だけでなく、被害者であるあなた様にも復讐しようとしているのです。

緊急事態宣言が解除されてから息子のマンション【註12】を訪ねる機会がありましたが、こんどこそ口だけではない雰囲気が感じ取れました。なんと日本刀を持ったキャラクターが表紙に描かれているコミックが、部屋中にたくさんあるのが目についたのです。決起を準備していなければ、そんな書物を買い込むでしょうか。きっとあの部屋のどこかには真剣が隠されているに違いありません。引き返せない段階まで来ているのは確実です。

ちょうど一年前に東京で、かつて高級官僚だった人が、長年ステイホームしていた中年息子を殺害するという事件がありました。つい先日も、その事件の裁判のニュースを見ました。私にはあれこそが親としての正しい責任の取り方だと思えます。不良品を世に送り出してしまったのですから、製造者としてきっちり回収して廃棄すべきなのです。さもなければ、より一層のご迷惑を世間様に対しておかけすることになってしまいます。実際、その役人の事件では、ダメ息子が隣にある小学校の児童たちに危害を加える寸前だったというではありませんか。

私の息子も同じなのです。もう一刻の猶予もありません。私自身が今、自分の手で解決するしかないのです。

　そもそもこれは正しい行いです。息子を放任しておいたらあなた様と担当の刑事さんが殺されてしまうのです。さらには、無関係な方々も巻添えを食って亡くなってしまうかもしれません。被害を最小限に食い止めるには、息子を取り除くことは善行と言えるでしょう。

　それだけではありません。息子自身も、これで凶悪犯にならずに済むのです。このままでは息子は悪事に悪事を重ね続けることになってしまいます。

　私は生まれ変わりというものを信じているのですが、息子がもし凶悪犯になってしまったら、息子は来世には畜生【註13】として生まれてきてしまうでしょう。私はそれを避けたいのです。息子のために、そういう事態を防ぐ義務が私にはあるのです。出来の悪い息子【註14】ではありますが、かわいいとは思います。親ですから当然です。

　憎くて殺すのでは決してないのです。もはや更生は今生では無理なのだという単にそれだけのことです。

　四十三年前に生まれた時【註15】はそれはそれは大喜びしました。その後、下の息子と娘【註16】も生まれましたが、初めての子だということもあって、一番うれしかったのはやはりこの瞬間です。それがまさかこんな末路が待ち受けているとはその時は想像だにしませんでしたが……。

事が首尾良く成就した暁には私も後を追うつもりです。愚妻をはじめ、家族の他の者どもはあなた様への脅迫事件とは一切関係ありません。その点は何卒《なにとぞ》ご理解の上、今後一切関わらないでください。どうかどうかそれだけは伏してお願い致します。

最後になりますが、あなた様の幸福と長寿を心からお祈り申し上げます。

乱筆乱文大変失礼いたしました。

令和二年六月朔日《さくじつ》

ある不良品の製造者より

大島てる

※

――右の手紙は本日私の元に届けられたものである。

註1：事故物件をインターネット上に公開しているウェブサイトの名称であり、かつ、その運営代表者の名。事故物件とは自殺や殺人事件などが発生した不動産のこと。

註2：平成二十九年四月十二日深夜ツイッター上にて大島てるサイト管理人を「殺す」「首を獲《と》る」「髑髏《されこうべ》を盃《さかずき》にして日本酒を呑《の》む」などと宣言した事件。犯人は同年十月に脅迫容疑で逮捕され、その後罰金刑が確定している。

註3：東京藝術大学のこと。

註4：大阪芸術大学短期大学部進学に際し、兵庫県神戸市西区の実家を出たことを指す。

註5：ただし、実は逮捕は本件で三度目。二十代の頃に、男子トイレ（！）の盗撮容疑で二度有罪判決を言い渡されていることが確認できる。

註6：犯人は兵庫県尼崎市在住。

註7：神奈川県鎌倉警察署のこと。

註8：ネルソン・マンデラ元南アフリカ共和国大統領。二十七年間を獄中で過ごした。
註9：元内閣総理大臣。戦時中に憲兵隊に拘束・投獄された経験がある。
註10：実家から至近距離にある枝吉城址《えだよしじょうし》で「合戦ごっこ」と称してイジメに遭っている姿が頻繁に目撃されていた。（小学校の同級生談）
註11：ただし、のちに離婚したものの婚姻歴は有り。子は無し。離婚は同性愛の傾向が原因か。
註12：十間《じゅっけん》交差点近く。
註13：動物のこと。
註14：出来の良い弟ばかりがかわいがられていたという。（近隣住民談）
註15：犯人は昭和五十二年五月二十六日生まれ。
註16：犯人は三人きょうだいの長子。弟と妹がいる。

旧友の記憶

福澤徹三

わたしが幼いころは至るところに幽霊屋敷があった。

当時は昭和四十年代とあって雑草が生い茂る空き地があちこちにあり、廃屋も珍しくない。住人がいても荒れ果てた家や古びた建物は、近所の子どもにとっておしなべて幽霊屋敷だった。過去に事件や事故があったとか目撃者がいるとか、いわくつきである必要はなく、

「あの家はおばけがでるぞ」

誰かがそういえば幽霊屋敷と決めつけられた。

わたしたちは探検と称してそういう家や建物に侵入し、ぞくぞくするスリルを楽しんだ。住人がいる場合は怒鳴られたり追いかけられたりするが、そのときの恐怖に尾ひれがついて、

「あの爺《じい》さんはどうも怪しい。なんか隠しとる」

「ほんとは化けもんやないか」

生身の人間まで幽霊あつかいした。つまりどうにかして怖がりたかったのだが、そ

の欲求を満たすには住人はいないほうが好ましい。したがって、もっとも興奮するのは廃屋である。朽《く》ちはてているよりも、生活感があるほうが想像がふくらむ。

家財道具がほとんど残っていたり、食器や湯呑《ゆの》みがちゃぶ台にならんでいたり、夜逃げや一家離散を連想させる廃屋もある。打ち捨てられた神棚、位牌《いはい》が残った仏壇、鴨居《かもい》にかかった先祖の遺影、そんな前住者の痕跡《こんせき》に戦慄《せんりつ》した。そして廃屋には、べつの収穫もある。室内を漁《あさ》っていかがわしい本や雑誌を見つけると、背徳的な昂《たかぶ》りに半ズボンの前が突っぱってくる。

ゴミの分別などない時代とあって、その手の本や雑誌は空き地にも捨てられていた。草むらにしゃがみこんで藪蚊《やぶか》に喰《く》われながら、雨ざらしで貼りついたページを固《かた》唾《ず》を呑《の》んでめくった。空き地にはラムネやチェリオやバヤリースといった清涼飲料水や酒の空き瓶も転がっていて、それらを集めて酒屋に持っていくと買いとってくれたから小遣い稼ぎになった。

大きな病院の裏にも空き地があって注射器や点滴の針や薬品が大量に捨てられており、血膿《ちうみ》のついたガーゼや包帯もあった。わたしたちは平気でそれらをおもちゃにしたが、下手《へた》に触れば感染症になりかねず、いまなら不法投棄で摘発されるだろう。

夕暮れになって家路につくと、青みがかった空を蝙蝠《こうもり》が舞い、あたりの家から夕餉《ゆうげ》た。コンビニはなく商店は早い時間に閉まるから、いまとちがって闇が濃い。

「暗くなるまで遊びよったら、ひとさらいがくるよ」

母の言葉を思いだして足早になる。

ストーカーや変質者という言葉はまだない。ひとさらいに捕まったらどうなるのか訊《き》くと、サーカスに売られて曲芸をやらされるという。

「軀《からだ》をやわらかくせないけんけ、毎日酢を飲まされるんよ」

子ども心にも幼稚なおどしだと思った。が、サーカスはともかく、さらわれるのは怖い。昭和という時代は行方不明者が多く、突然姿を消すことを「蒸発」と呼ぶのが流行《はや》った。

そのころ住んでいたのは、ひなびた住宅街にある市営住宅だった。

建物は二階建てで、わが家は一階にある。いま古い写真を見るとコンクリートの壁にひび割れを補修した跡があり、当時からすでに老朽化していた。間取りは六畳ほどの和室が二間、台所、風呂場、便所、いまでいう2Kだ。

そこにわたしと両親、母方の祖母の四人が住んでいた。

玄関のドアは木製で、淡い緑のペンキがところどころ剝《は》げていた。和室の一方は四本脚のついた白黒テレビとわたしの勉強机、もう一方の和室に仏壇と洋服箪笥《だんす》がある。台所には四人がけのテーブルと網戸を張った水屋――いまでいう食器棚があった。流し台はコンクリートで、ガスコンロはマッチで点火する。電子レンジが普及するのはもっと先だ。

風呂場はタイル貼りで、足裏がぬるぬるする木製の簀子《すのこ》を床に敷いていた。ちっぽけな浴槽は内釜式の木製で横から煙突が突きでていた。クリスマスイブにサンタクロースが煙突から入ってくると聞いたが、こんな細い煙突からどうやって入るのか想像がつかない。シャワーはないから洗面器で湯を流す。

テレビや冷蔵庫とならんで家電製品の三種の神器と呼ばれた洗濯機もなく、洗濯は風呂場でする。母と祖母は大きな金ダライに入れた洗濯板で衣類をごしごし洗っていた。便所は水洗だが、便器はむろん和式で洗浄レバーは緑青《ろくしょう》が吹いていた。用を足したらトイレットペーパーではなく、四角い箱に入れたチリ紙で拭く。

室内は暗く湿気が多いせいでカビがあちこちに生えた。昭和の夏はいまほど暑くなかったが、エアコンや除湿機はない。暑さをしのぐには扇風機か網戸から吹きこんでくる風が頼りだった。

仏壇と洋服箪笥がある和室のガラス戸を開けると、物干し場を兼ねた貧相なテラスがある。そのむこうは共用の広場で、申しわけ程度の花壇や砂場やすべり台があった。広場は外部の者も出入りできたから、納豆売りや豆腐屋、物干し竿《ざお》を売る竿屋がくる。夏場はアサリ売りや金魚売りや風鈴売りもくる。市営住宅の前にはロバに馬車をひかせた「ロバのパン屋」がきた時代だけに隔世の感がある。

わたしは兄弟がいないから、ひとりで遊ぶことも多かった。いまとちがってゲームやネットなどないし高価なおもちゃは買ってもらえない。十円玉を握りしめて駄菓子屋にいくのがせいぜいで、藁半紙《わらばんし》に絵を描いたり、空き地の草むらで虫を捕まえたりするのが常だった。

両親や祖父母がらみの話は過去にも書いたが、身内のことゆえ内容が重複せざるをえず、既読のかたはご寛恕《かんじょ》を願う。祖母は明治三十年生まれで、生家のそばを流れる山国川《やまくにがわ》に河童《かっぱ》がいたという。

「夜中に、ぱちーん、ぱちーんって音がする。河童がタニシ割って食べよるんよ」

有名な飴屋《あめや》の幽霊や鍋島《なべしま》の化け猫の話は祖母から聞いた。祖母は大分県の耶馬渓《やばけい》に近い寺が実家で若いころに出奔したらしいが、その理由はいっさい語らなかった。

祖母の夫——つまりわたしの祖父は明治十八年、西暦でいえば一八八五年の生まれである。祖父は現存する製鉄会社の重役として財を成したが、太平洋戦争がはじまる前年に旅行先の広島で客死を遂げた。

祖父の経歴も謎が多く、生家や親族についてはほとんどわからない。骨董《こっとう》の蒐集《しゅうしゅう》が趣味で、持っていたら死ぬといわれる仏像だか曼陀羅《まんだら》だかを購入してまもなく他界した。祖父の死後、祖母は屋敷や家財の売り喰いで母を含めた三人の子を育て、しまいには仏壇まで売ったという。

祖父が死んでまもなく、まだ幼かった母は怖い夢を見た。

玄関の引戸ががらりと開いて、祖父が帰ってきた。祖父はすっぽだかで、いつのまにか鬼になっていた。怖くて家から逃げだすと、祖父は恐ろしい形相であとを追ってくる。

どことも知れぬ道を必死で走っていたら、とうとう崖に追いつめられた。崖っぷちには錫杖《しゃくじょう》を手にした地蔵菩薩《じぞうぼさつ》の像があった。母はその後ろに隠れたが、祖父はどんどん迫ってくる。

もう捕まると思った瞬間、地蔵が錫杖を振りあげて地面を突いた。かーんッ、と鋭い音が響いたと同時に祖父は消えた。

母はその翌日から高熱をだし、首に大きな腫れものができた。病院で診察を受けても原因不明で、医者は余命いくばくもないと匙《さじ》を投げた。祖母は藁《わら》にもすがる思いで、母を霊媒師のもとへ連れていった。

「この子には、おとうさんが憑《つ》いとる。この子を連れていこうとしよる」

霊媒師はそういって祈禱《きとう》をはじめた。

その最中に母は昏倒《こんとう》し、首の腫れものから大量の膿がほとばしった。それから快方にむかったが、病弱な体質とあって戦時中は疎開できずに入院していた。母はその病院の窓から、対空砲火を浴びたB29が火だるまになって墜落するのを見たという。

母は花が嫌いだった。造花はわりと平気だが、生花には身震いする。

「あたしが死んでも、花はぜったい供えたらいけんよ」

そうなった原因は幼いころにあるらしい。

その日、母は近所の女の子と原っぱで遊んでいた。すると見知らぬ男がやってきて、女の子を茂みの奥へ連れていった。しばらく経《た》ってももどってこないので心配になって茂みに入った。

母は、そこで恐ろしいものを見た。なにを見たのか訊いても教えてくれない。

「とにかく、恐ろしいものよ」

茂みの奥には花が咲き乱れていた。それから花が嫌いになったという。

母も祖母とおなじく超自然的な事象を信じており、毎日トランプをならべて占いをし、四柱推命にも凝っていた。たとえ冗談でも縁起の悪いことを口にすると、母は真顔で怒った。

「あんた――そんなこといいよったら、いいあてるよ」

いいあてるとは、縁起の悪いことが実際に起こるという意味だ。

警察官だった父は夜中に帰宅すると、玄関の前で足を止めて、

「変死があった。塩撒《ま》いてくれ」

母が塩を撒くのを待ってから靴を脱ぐ。そんなことが何度かあった。飛びおり自殺の遺体を運んだという夜は、うんざりした表情で母に愚痴《ぐち》った。

「頭ァ潰れとるし、手も足もぜんぶぐにゃぐにゃやった」

父はかつて炭鉱で栄えた田舎町の生まれで、山の木々には錆《さ》びた五寸釘《ごすんくぎ》がびっしり打ちこまれていた。五寸釘には藁がへばりついている。その藁は朽ちた藁人形で、五寸釘は丑《うし》の刻《こく》参りの痕跡である。

父の実家の裏にあった醬油《しょうゆ》屋の女房は、あるとき庭の柿の木を見たとたん、どういうわけか無性に首を縊《くく》りたくなった。わけがわからぬまま柿の木の根元に椅子を置き、その上にのぼって枝に縄をかけると、輪っかに首を差し入れた。

いざ椅子を蹴ろうとしたとき、醬油の配達があったのを思いだした。われにかえっ

た女房は、なぜ急に死にたくなったのかわからない。首をかしげつつ急いで配達にいき、家に帰ってくると、柿の木にかけた縄で老母が縊《くび》れていたという。

近所のある家では、ひとに咬《か》みついた犬を家族で殴り殺したが、そのあと生まれた赤ん坊は犬の屍体《したい》を思わせる容姿だった。町営のプールを造るために地面を掘ったら、そこは古戦場だか刑場の跡だかで、首のない白骨が大量にでてきて工事は中止された。

父は必ずしも超自然的な事象を信じていなかったが、そういう話をする程度には関心があった。そんな両親と祖母のもとで育ったせいか、幼いわたしはお粗末な現実よりも、この世ならぬものに惹《ひ》かれていった。

小学校一、二年のころ、母と近所を歩いていたら、

「あそこは、なにをやっても潰れるんよ」

母は道路の一角を指さした。そこにあったのは、なにかの飲食店だったと思う。なぜ潰れるのか原因はさだかでないが、母がいったとおり、その土地にできた店は長続きしなかった。何軒かが潰れたあと当時は珍しかったジーンズ専門店がオープンし、二、三年経っても続いている。こんどは大丈夫かと思いきや、火災で全焼した。後年そこにビルが建ち、豪華なレストランがオープンしたが、一年と経たずに閉店

した。続いて地場大手の住宅会社がそのビルに本社を移転した。これもまもなく倒産し、ローカルニュースで大きく取りあげられた。最後はビルの二階にできたカラオケボックスで、それが数年で潰れてから二十年ほど放置されていた。

わたしが事故物件に興味を持ったのは、その土地がきっかけである。もっともその土地はわたしが知る限り、洋服屋の火災をのぞいて事件や事故は起きていない。なにをやっても潰れるのは立地に問題があるのかもしれないし、ただの偶然かもしれない。が、その偶然が続くのが怖い。

偶然といえば、わたしが住んでいた市営住宅のまわりは事故物件が多い。怪談社の糸柳寿昭《しやなぎとしあき》との共著で昨年上梓《じょうし》した『忌《い》み地』では、この近辺の事故物件を取材している。わたしがなじみ深い土地だったことは怪異と関連がないので触れなかったが、記憶をたどると作中で取りあげた事件や事故が起きる前の風景が浮かんでくる。それをたしかめるつもりで、ひさしぶりに現地へ足を運んだ。

六月下旬の午後だった。

空は薄曇りで民家や商店がならぶ通りは閑散としている。このところ未曾有《みぞう》のコロナ禍《か》のせいで自宅に逼塞《ひっそく》せざるをえなかった。自宅では終日冷房にあたっていただけに、外はたまらなく蒸し暑い。マスクの口元が息苦しく、メガネが曇るのが鬱陶しい。

わたしは怪談実話を長年書いているくせに、心霊スポットや事故物件を訪れるのを好まない。生まれつき怠惰《たいだ》で行動力に乏しいからだが、そういう場所を恐れてもいる。怪異が起きるかどうかよりも不吉なことがありそうなのが厭《いや》だ。

還暦近くまで生きてきた経験からすると、事件や事故が頻発する場所はたしかにある。なぜそうなるのか説明できないが、偶然は理屈ではない。うかつに足を突っこんで災難に見舞われるのはごめんである。

路地の曲がり角に、古めかしい洋風のファサードがついた二階屋があった。薄っぺらいファサードの裏側は瓦葺《かわらぶき》の日本家屋だ。一階は駄菓子屋で、幼いわたしは毎日のようにここへ通って駄菓子を買ったりクジをひいたりした。

廃業してずいぶん経つらしく、入口は錆びたトタンでふさがれているが、外観は当時と変わらない。クッピーラムネ、モロッコヨーグル、ココアシガレット、コビトチョコレート、コリスのガム、黒砂糖を使った焼菓子のくろ棒、ハマグリの殻に入ったニッキ飴、炒《い》った大麦を挽《ひ》いたハッタイ粉。あのころ食べた懐かしい駄菓子を思いだす。発癌《はつがん》性物質が含まれているとして発売禁止になったチクロ入りの粉末ジュースやベビーコーラもよく飲んだ。

駄菓子屋をすぎて、古びたマンションの前で足を止めた。壁は薄汚れてベランダの手すりが錆びついているが、一軒だけ洗濯物を干している。

ここに同級生のTくんが住んでいた。建物の一階には鉄の扉がついた空間があり、わたしとTくんは天井に豆電球をつけ、おもちゃや菓子を持ちこんで遊んだ。ふたりは「秘密基地」と呼んでいたが、いま考えたら、あれは使われなくなったダストシュートか倉庫だろう。

当時の思い出に浸りつつ、入り組んだ路地を歩いた。ふと異様な建物が眼《め》の前にあって、ぎくりとした。Tくんが住んでいたマンションよりもはるかに古びた二階建ての木造アパートだ。窓とドアはすべて板でふさがれ、二階に続く階段には錆びた有刺鉄線が張ってある。

怪談社の糸柳と上間《かみま》月貴《つきたか》が『忌み地』で取材した「封印されたアパート」である。近くに勤める中年女性は「このへんじゃ、あれがいちばん怖いと」といい、通りかかった老人は「関わらんほうがええよ」と警告した。最後に話を聞いた老婦人は「あそこは屍体がよう見つかるんよ。勝手に入って死んだもんが何人もおる」といった。

だが日本唯一の事故物件公示サイト「大島《おおしま》てる」で検索しても、事件や事故の記述はない。住人がいないのはあきらかだし、侵入するのは困難だから真相はわからない。このアパートは、わたしが市営住宅に住んでいたころからあったと思う。けれども建物を見た記憶があるだけで、当時の様子は思いだせない。

アパートの角を曲がりすこし歩くと、かつてのわが家が見えてきた。

建物はすっかり改築されて近代的になった。むかいも新しい建物に変わったが、隣の民家は当時の面影を残している。市営住宅に住みはじめたのは幼稚園に入る前だから、わたしは二歳か三歳だろう。小学校五年のときに一戸建てに引っ越すまで、ここが生活の中心だった。

両親が教育熱心だったにもかかわらず、わたしは小学校低学年からテストで零点をとるような劣等生だった。しかも幼稚園から重度の近視でメガネをかけていたから、

「おいメガネ」

見知らぬ生徒にからかわれる。わたしは早生まれだけに背が低く軀もちいさかった。いじめに遭いかけると、おどけたりとぼけたり逆上したりでその場をしのいだ。

わたしは表向きひょうきんだったが、劣等感が強いわりに強情で手に負えない生徒だった。授業中はうわの空で手遊びや落書きばかりする。給食は残すと叱られる時代だから、嫌いなおかずはビニールのナプキンにくるんで机の奥に詰めこんだ。

小学校三年のとき、担任のY先生に手紙を持たされた。

「これをおかあさんに渡しなさい」

手紙を渡すだけではなく、連絡帳のように母からサインと判子をもらってこいといわれた。学校帰りにこっそり封筒を開けてみると、わたしの態度がいかに悪いか連綿と書いてある。

ただでさえ気性の烈《はげ》しい母にこんなものを渡すと大変だから、わが家に帰っても手紙は隠していた。わたしは便箋の末尾に母の筆跡をまねてサインすると判子を押し、翌朝学校へ持っていった。

「ちゃんとおかあさんに見せたんかね」

Y先生は便箋を手にして疑わしげな眼をむけてきたが、平然とうなずいた。

その日の夕方、同級生の男の子がうちを訪ねてきた。遊びにきたのかと思ったら、その子はY先生から新たな手紙を預かっていて、母に渡すというから眼の前が暗くなった。サインと判子の捏造《ねつぞう》はとっくにばれていたのだ。

手紙を読んだ母の怒りは尋常でなく、わたしは刑の執行を待つ死刑囚のようにうなだれていた。やがて帰ってきた父は警察官という職業柄もあって、母以上に激怒した。

「親と先生に嘘《うそ》ついて手紙隠すちゃ、どういうことか。勝手に判子まで押しよって。こげなこっちゃ、おまえは将来盗《ぬす》っ人《と》になるぞ」

わたしはひたすら詫《わ》びて嵐がすぎるのを待った。

が、その後も懲りずにテストの答案を勉強机の引き出しの奥や市営住宅の床下に隠した。それらはことごとく発見され、両親は悲嘆にくれて、わたしを罵った。

「この嘘つきがッ。おまえはできそこないじゃ」

「なして、こげな子ができたんやろう」

そんなとき祖母はかばってくれたが、父を気遣ってか強くはでなかった。

当時いちばん憂鬱だったのは通知表をもらった帰りで、これはさすがに隠しようがない。といって両親に見せたら烈火のごとく叱られる。わが家に帰る決心がつかず、あてもなくとぼとぼ歩いていると、しだいに陽《ひ》が暮れる。背を焼くような焦りと奈落に落ちていくような絶望が押し寄せて、あてつけに死んでやろうかと思ったことも一再ならずある。が、実行する勇気はなかった。

あのころは、なぜか奇妙な光が見えた。空でも地面でもぼんやり眺めていると、青い光や赤い光が視界の隅をよぎる。眼で追ったら消えてしまうが、またぼんやりすると見えてくる。

夜、布団で寝ているときは、きらびやかな光が天井に浮かぶ。それは輪になってくるくるまわったり、ネオンのように点滅したり鮮やかだったが、中学に入るころには見えなくなった。あれはなんだったのか気になるが、当時もいまもさして不思議だとは思っていない。

市営住宅があった場所を離れて、なにをやっても潰れると母がいった場所にむかった。そこには、いつのまにか新しいマンションが建っていた。昔ここにあった店や会社とちがって客商売ではないから、もう潰れることはなさそうだ。ただ「大島てる」で検索すると、隣のマンションに心理的瑕疵《かし》有と投稿があった。

続いて訪れたのは『忌み地』で糸柳と上間が取材したマンションである。

ここでは男性が浴室で焼身自殺をしたあと、その部屋に入居した四人家族の母親が首《くび》吊《つ》り自殺をしたと「大島てる」に投稿がある。糸柳たちが取材した中年男性はそうした事情を知らなかったが、幽霊を見たことがあると答えた。

「すぐそこに知りあいの家があるんよ。けっこうな豪邸やけ、玄関の前に防犯カメラを二台つけとるんやけど、それに変なもんが映ったんよ」

男性は知人の家で、その映像を見た。二台の防犯カメラには、あきらかに人間ではない真っ黒な人影が映っていた。その人影はあたりを徘徊《はいかい》してから、焼身自殺があったマンションに入っていったという。

　ネットの不動産情報を見ると、このマンションは築四十一年で現在入居者は募集していない。けれどもネット上には、入居者を募集していたときの室内の画像が残っていた。ここが焼身自殺のあった現場なのか、浴室の壁の下半分が鮮やかなコバルトブルーに塗られ、どう見ても不自然だった。

　そこから六分ばかり歩いて次のマンションに着いた。

　わたしが二十一、二のころ、ここに友人のＭが住んでいた。当時わたしは夜の商売をしており、彼に呼ばれて遊びにいった。Ｍは住み込みの季節工で貯《た》めた金を元手に、その部屋でマントルを開業したという。マントルとはマンショントルコの略で、いまでいうソープランドのマンション版だ。

「スポーツ新聞に広告だしたけど、ぜんぜん客がこんちゃ」

　Ｍは愚痴ったが、そもそも計画がずさんだった。

　従業員の女はひとりしかおらず、べつの店と掛け持ちだった。スポーツ新聞を見た客から電話があると女を呼んで部屋に待機させ、Ｍは客を招き入れる。女が接客しているあいだ、Ｍはマンションの外で時間を潰すという。

　そんな商売が繁盛するはずもなく、Ｍはたちまち金に困って行方をくらました。Ｍ

が借りていた部屋は一階で、これといった印象はない。しかし「大島てる」によると、一階と五階で病死、三階で焼身自殺が起きている。通りをはさんだマンションは「大島てる」に年月日不詳で転落死とあり、ここは駐車場になっていた。

わたしはふたたび歩きだし、医療器具が捨てられていた空き地を捜した。けれども病院がなくなったうえに景色が変わったから場所がはっきりしない。

病院がなくなった原因は、院長が殺されたからだ。派手な夜遊びで知られた院長は一九七九年にバラバラの遺体で海から発見された。身代金目当てで院長を誘拐したのち殺害したのはスナック経営者のYと釣具店店主のSだった。

わたしが行きつけのバーのマスターは古希をいくつかすぎており、地元のことにくわしい。マスターはSの同級生で院長とも面識があった。当時ホテルのバーテンダーだったマスターは事件の前夜、院長に会っている。

「あした××子に会えるんや」

院長は上機嫌でそういったという。

××子とは当時大人気だった歌手で、Yは彼女に会わせると院長に嘘をついて自分のスナックにおびきだした。YはSと共謀して院長を監禁し、肺に達する刺傷を負わせたのちに絞殺した。

YとSは最高裁で死刑判決が確定し、一九九六年に死刑が執行された。犯行現場のスナックがあったビルは現存し、「大島てる」に事件についての投稿がある。

空き地があった場所を見つけられぬまま、市営住宅の方向へひきかえした。

町並はだいぶ変わっているが、道筋は昔と変わらない。慢性的な運動不足とあって、すこししか歩いていないのに足が痛くなった。全身が汗まみれで不快だが、このへんで遊んでいたころは暑さなど感じなかった。毎日空き地や田んぼで遊んでは藪蚊に喰われ蟻《あり》にたかられ、虻《あぶ》や蜂に刺されても平気だったのを思うと、つくづく老いを感じる。

赤茶けたトタンを壁に貼った日本家屋にさしかかった。

以前ここは大衆食堂だった。ビニール製のテントとガラスの引戸に名残があるが、いまは無人のような雰囲気だ。隣に地蔵を祀《まつ》った祠《ほこら》があったが、地蔵はなくコンクリートの祠だけがある。この祠の横に掲示板のようなスペースがあり、どぎついポルノや猟奇的な映画、やくざ映画のポスターが貼ってあった。いまとちがって規制はなく、そういうポスターは通学路にもあるから、人目を忍んで覗《のぞ》きこみ、早く大人になってこんな映画が観《み》たいと思った。

祠をすぎてまもなく五階建てのマンションがある。二〇〇二年に発覚し、全国を震《しん》撼《かん》させた連続殺人事件はここの三階で起きた。昨年の四月下旬、糸柳と上間は『忌み地』の取材で、近所に勤める中年女性に話を聞いた。彼女によれば、夜になると事件があった部屋の窓から怪しい光や人影が見える。そんな噂《うわさ》が近所で広まったという。

ネットの不動産情報では、友人のMが住んでいたマンションは一九七八年、このマンションは一九八四年に建てられているから、どちらもわたしが市営住宅に住んでいたころは存在していない。当時そこになにがあったか記憶はおぼろだが、後者は空き地だった気がする。

空き地であれば、わたしは当然そこで遊んでいたはずだ。その空き地の上の空間で、のちに七人もの犠牲者をだす連続殺人事件が起きるとは――そしてそのことを記す職業に就くとは想像だにしなかった。とはいえ安易に因果関係を導くのは、自分が怖がりたいがために近所の廃屋を幽霊屋敷と決めつけた幼いころと大差ない。偶然といえば、これも偶然である。

ひとはこの世に生を受けた瞬間から、みな刻一刻と死に近づいている。みずから命を絶たない限り、いつどこで、どんなふうに死ぬかは選べない。誰であっても建物内で変死を遂げれば、そこは事故物件になる。

祖母はわたしが小学校五年のときに癌で逝《い》き、両親はわたしが高校一年のときに離婚した。母は二十二年前にやはり癌で逝った。晩年は市営住宅があった場所から二キロほど離れたマンションの六階に住んでいた。母の死から八年後、二階の部屋からミイラ化した女性と白骨化した男女二名の遺体が発見された。ひとつの遺体は部屋の所有者で、ある蘇生《そせい》信仰の祈禱師だった。

ここのすぐそばに「大島てる」管理人の大島てるさんが「これまでで最悪の事故物件」と評したマンションがあるが、長くなるので詳細は省く。さらに二年前、そこから徒歩六分ほどのマンションで、ネットで知りあったと思われる二十代から三十代の女性四人が集団自殺した。

あれは小学校何年のときだったか、夜中にふと目覚めると父がすごい勢いで飛び起きて、部屋じゅうの窓やガラス戸を開け放っていた。祖母は入院中か親戚宅へいったかで不在だったと思う。父が大騒ぎをしているのに母は布団をかぶって寝たままだ。どうしたのか訊いたら、

「ガスが漏れとった」

父は険しい顔つきで答えた。

いまの都市ガスは安全だが、当時のガスは一酸化炭素中毒を起こす。部屋の明かり

をつけると、つがいで飼っていたジュウシマツが二羽とも籠の床に落ちていた。

ずっとガス漏れだと思っていたが、後年になってそのころの両親が極めて不仲だったのを知り、母が故意にガス栓を開けたのだと気づいた。

あのとき父が目覚めなかったら、わが家も事故物件になっていただろう。

父は昨年八月に脳内出血で急逝し、両親と祖母と暮らした日々を知るのは、わたしだけになった。

やなぎさの記

糸柳寿昭

最近は経済的な理由から、事故物件に住もうとする若者が多いらしい。

ネットで検索すると、そういう部屋だけを紹介するサイトもあった。

「事故物件って、やっぱりヤバいんですかね？」

何度かそんな質問もされたことがある。確かに怪談を集めていると「ここに以前住んでた人が亡くなって——」という話に出会うこともある。でも、ほとんどの体験談は過去のことなどわからず、なぜそんなことが起こったのか、因果関係は謎。まったく不明。イミフ。だから事故物件がヤバいかと聞かれると答えに困る。実際に住んでみないと、わからないからだ。

体験者に取材するとき、過去の私はなんとかして「オチ」を聞きだそうとしてきた。怪談実話を語る身としては、話に起承転結が欲しいからだ。そのため体験者の人間関係を根掘り葉掘り聞いたり、過去の事件や事故を調べたりした。

「原因はわかりませんが、強いていうなら……ということがあったそうです」

もはや、これを言いたいがための調べものだ。なんか恥ずかしい。

もっとも「オチ」を探すのはむだとは限らない。怪異《かいい》の原因を調べる過程で、意外な事実が判明することもある。

昨年、作家の福澤徹三《ふくざわてつぞう》との共著で上梓《じょうし》した『忌《い》み地』もそうだった。事故物件が集中している地域で取材すると、無理に起承転結などを求めなくても、付近の住民はこちらの想像を超える怪異を語った。

私は怪談社という団体に所属している。怪談社とは、私と上間月貴《かみまつきたか》を中心に怪談を語るイベントや書籍の刊行をおこなう団体だ。もともとは大阪で活動していたが、現在は東京に拠点を移している。最近ではCS放送の「怪談のシーハナ聞かせてよ。」という番組や、企業のイベントにも参加している。怪談社のスタッフとは、ほぼ毎日食事を共にしており、事務所で寝泊まりする者もいるので、よく言えば合宿、悪く言えばタコ部屋のような様相を呈している。

この年の夏に上梓した『忌み地 弐』の取材時に書いた日記がわりのメモである。本誌の掲載にあたっていくらか手を加えたが、大筋は原文と変わりない。

二〇一九年十月九日
今日は快晴、電車に乗って取材へ、六本木のファミレスが待ちあわせ場所。

港区在住、自営業の中年男性Kさん、SNSより連絡あり。

以前つきあっていた彼女が住んでいた部屋に、不可解なものが現れたという。

Kさんの彼女が住んでいたのは神奈川駅近くのワンルームマンション。

その部屋ではかつて首吊《くびつ》りがあった。発見されたときには死後二週間ほど経《た》っていたらしく、夏ということもあって遺体は酷《ひど》い状態だったらしい。

遺体がぶら下がっていたのはロフトの手すり。床にカーペットが敷いてあったが、したたった体液でカーペットの下のフローリングもぐずぐずに腐っていた。したがってフローリングはすべて張りかえた。不動産会社の担当者はそうした事情を包み隠さず説明し、家賃は相場の半分以下でいいと言った。

Kさんは彼女がその部屋を借りると言うから驚いて、

「おまえ、マジ借りるの？　そんな部屋ヤバいんじゃね？」

「確かに気持ちのいいもんじゃないけど、これだけ家賃が安かったら平気」

そう言って彼女は笑った。

彼女がその部屋に引っ越して、ひと月が経った。Kさんは怖くて近寄りたくなかったが、彼女には会いたい。恐る恐る遊びに行くと変わったところはなく、安心したKさんは、ときどき彼女の部屋に泊まるようになった。

その日もKさんは彼女の部屋に泊まって朝を迎えた。

「ゆうべ、蛍を見たの」

彼女がベッドの中でそうつぶやいた。

「青白く光って、すっごくきれいだった。あたし、蛍ちゃんと見たの初めてかも」

その日から彼女は、毎晩のように部屋で蛍を見るという。その後にKさんが泊まった夜も蛍は現れたらしいが、彼はその時間、眠っていた。そもそもマンションがあるのは駅のそばだから、蛍がいるとは思えない。

彼女の部屋は事故物件だから蛍と聞いて人魂《ひとだま》を連想した。だが彼女を怖がらせたくないので、そのことは言わなかった。

ある夜、Kさんは彼女の部屋へ遊びに行った。

ふたりでテレビを観《み》ながら夕食を食べていると、

「あ、蛍きたよ。きょうは早いな」

彼女が窓を指さした。Kさんが目をやると、カーテンがふわりと膨らんだ。風が吹いたのかと思ったが、ほらほら、と彼女は言って、

「蛍だよ。Kちゃん見るの初めてだよね」

彼女はテレビを消して照明を落とすと、天井を指さした。

Ｋさんは目を凝らしたが、何も光るものがない。

「なあ、どこに蛍がいるの」

そう尋ねたとき、彼女の後ろに見知らぬ女がいることに気づいた。女はまっすぐ背筋を伸ばして正座している。部屋が暗いせいで顔つきは見えないが、なぜか笑っているように思えた。

急いで照明をつけると、女は消えた。

「今、お前の後ろに……」

Ｋさんは彼女に声をかけた。しかし彼女は天井を見上げたまま、返事をしない。恍《こう》惚《こつ》とした表情で、ぽかんと口を開けて笑っている。

ここにいてはいけない。

Ｋさんはそんな直感に駆られて部屋を飛びだした。

それ以来、怖くて彼女には会っていない。

彼女から連絡があったらどうしようかと思ったが、電話もメールもなかった。しばらく経って心配になったＫさんは「どうしてる？　大丈夫？」と彼女にラインを送った。すると彼女から「まってるよ。ほたる」とだけ返信があった。

Ｋさんは彼女と別れる決心をして、スマホは着信拒否にしてラインはブロックしたという。

帰りの電車で見知らぬ若者に「オマエ、怪談のヤツだろ」と声をかけられた。

夜はみんな大好きカレーライスをつくった。上間月貴とスタッフ二名分。

※

十月二十六日

怪談社のサイトに体験談を聞いて欲しいとメールがあり、Rさんという男性と待ちあわせ。

新宿のカフェで午後一時半に会う予定だったが、三十分経っても現れない。怪談社のサイトのメールフォームには氏名とメアドと体験談を入力するスペースがあるが、電話番号やラインは個人情報だけに書くのは任意(現在は必須)である。なので、先方に連絡する手段はたいていメールしかなく、返信がなければ待つしかない。私はやることがないので自分の手相を眺めるしかなかった。Rさんがようやく姿を見せたのは三時。一時間半も待たされたとあって頭の血管が切れそうになっていたが、あえてにこやかに会釈した。Rさんは恐縮するかと思いきや「さっき、すれちがった人に悪霊が憑《つ》いてたんです。それが気になって遅れちゃいました」。ハイテンションでよくわからない言い訳をした。

Rさんは赤坂でバーテンダーをしていた（そのわりに酒のことをなにも知らない）が現在無職。長髪でウェスタン風のファッション。彼は街を歩いていると「わかる」らしい。なにが「わかる」かというと、

「おれ、事故物件が視《み》えちゃうんです。残った念みたいなヤツっていうんですか？」

私の頭から飛びだしたハテナマークは視えていないようだが、彼は続けた。

「だいたい建物の上に、黒いモヤのような雲がかかっていますから、わかっちゃいますよね。そしてそこでは病死や孤独死があった……まあ、よくあることですよ、そういうのわかっちゃうのって、何ていうのか、こんな能力を持つ自分の運命って書いて、さだめって読む感じですよね」

なぜか遠くを見る彼の前で私は思った。

この人は――いったい何を言っているんだろう、と。

そしてRさんは体験談を話しだした。色々と面倒くさいので四行にまとめると、事故物件がわかるRさん↓住宅街を歩いていると黒いモヤがかかった二階建てアパート

発見↓眺めていると二階の部屋の窓から顔色の悪い女性が現れてRさんを睨《にら》みつけていた、という話（これを一時間かけて話してくれた）だった。

「アレはまだ未練がある感じの霊っすね……あ、そこの住所もわかりますよ」

そのあと雑談が始まり、自分がいかにモテるかという話に移行しそうだったので、私は帰らせてもらうことにした。


夕飯の食材をスーパーで購入し帰宅。

念のためにRさんに聞いた「女性が睨みつけていた」というアパートをネットで検索すると、そこでは数名の女性が殺害されていた。Rさんは事前にそれを知っていたのだろうか。もし知っていたのなら問題ないが……。

この夜はイカリング入りの麻婆豆腐《マーボードウフ》、スタッフのみ四人分、やや多め。

※

十一月九日
怪談社にメールが届く。タイトルは「私の事故物件」。

家の話っぽいので読みたかったが、肝心の本文はすべて文字化けしていた。

久しぶりに映画を観にいって事務所にもどると、上間が餃子《ギョーザ》をつくっていた。

※

二〇二〇年二月五日
快晴、少し暖かい。新型コロナに対する注意が高まり世間は不穏な空気。

喫茶店にて待ち合わせ、現在さいたま市在住の男性Mさん、IT系の会社員。

明るい性格でよく笑うが、自身の体験を語り始めると目つきが変わった。もともと怪談が好きで、その手のテレビ番組やビデオをよく観ていたらしい。

数年前まで住んでいた部屋（新宿区のマンション、所在地はあとでメールしてもらえる予定）にて金縛り、窓から覗《のぞ》く顔の話。

そのマンションに引っ越したばかりのころ。

夜、Mさんが眠っていると寒気で目が覚めた。まぶたは開くが、躰《からだ》は動かせない。常夜灯で部屋のようすが見える。特に変わったところはないが指一本動かせず、なぜか息が苦しくなっていく。

カーテンのむこうからMさんのほうを見つめる顔あり。表情まではわからないが、どういうわけか目だけがハッキリと確認できた。シルエットで髪が長いこともわかる。女性のようだった。顔の位置は高く、かなり身長があるように思えた。ただし首から上だけで、肩や腕は見えないので、生首が浮いているようにも思え、怖くなり目をつぶった。

恐怖に耐えていると、気がつけば朝になっていた。

ひと月に一度くらいで同じことがおきる。疑問として、外のベランダからガラス越しに覗いていたのか。それとも部屋の中、ガラスとカーテンのあいだからだったのか。それを尋ねると、Mさんは「思いだしたくないです」と青ざめていた。

夜は青椒肉絲《チンジャオロース》、上間とスタッフ三人分なり。

※

三月六日

夕方、やや気温高し、日暮里《にっぽり》にて待ち合わせる。

江東区在住、飲食店を経営する男性Aさん。友人が住んでいたマンション（杉並区、詳しい住所は友人に確認しないとわからない）で部屋の照明が消える話。

八年ほど前、友人とふたりで居酒屋に行った。

店に入った時間が遅かったので、すぐに閉店の時間になってしまった。Aさんのもちあわせが少なかったので他の店には寄らず、友人宅で飲むことに。コンビニで缶ビールとつまみを買って友人の部屋に行き、テレビを観ながら飲んでいた。

一瞬、部屋の照明がぱッと消えた（ように感じた）ので、それを伝えると「やっぱ消えてるよな、オレもそう思ってたんだッ」と友人が天井を指さす。

友人いわく、以前からこの時間に、ときどき照明が消えたように感じることがあったがあまりにも一瞬なので、疲れからくる目の錯覚かと思っていたらしい。

「もうちょいしたら、また消えるんだよ」

友人がそう言ったとたん、また照明が一瞬消えた。

Aさんが「ホントだ、今また消えたな」とつぶやくと友人が、

「次、あっちのほう見ててくれよ。なんか黒いの通るから」

そう言ってキッチンを指さした。Aさんはビールのグラスを片手に目を凝らした。

するとキッチンのシンクから浴室に向かって、黒い影のようなものが通った。

「うお、なんだよ今のッ」

Aさんは思わず叫んで立ちあがり、浴室のドアを開けて中を覗いた。なにも変わったようすはないが、黒い影のようなものは確かに見た。

「この部屋、何かあったんじゃないか……前、住んでたヤツが自殺とか？」

「そう――自殺したんだよ」

「マジかよ、お前よくこんなトコ住んでられるな」

そう言って振り返ると、友人は目を剥《む》いて後ずさった。

「なんだよ、どうしたんだ」

「いや……違う」

「は？　なにが違うんだよ？」

友人はおびえた表情でAさんと浴室を交互に見てから、

「いま、自殺したって言ったの、オレじゃねえよッ」

声はどこから聞こえたのか、ふたりともハッキリとはわからなかった。

事務所にもどる途中、少年がスマホを見ながら自転車運転、ぶつかる。痛し。

夜は天津飯《テンシンハン》をつくり、上間とスタッフ二名と食す。美味《うま》し。

※

三月二十八日

今日はくもり時々雨、気温が高くマスクをしているせいで汗だく、息苦しい。

待ちあわせ場所は池袋の喫茶店、住所不定無職の男性Cさん。彼は私が出演している怪談番組のファンだという。ずっと笑顔で体験を話すときは自慢気、話の内容は某作家の有名な怪談とまったく同じ。

彼によれば、その部屋で前の住人が首吊り自殺。亡くなった時間になると壁からノックのような音がする。いわく、首を吊って苦しむときに暴れて足をバタバタと動かし、壁を蹴る音なのだという。

「その部屋で――」

前の住人の情報や亡くなった時刻をどのように知ったのか尋ねると、気まずそうに笑って口ごもる。

電車の中はマスクをつけた人ばかりになっていた。咳《せき》をしただけでケンカになったという話もチラホラ耳にする。人の心が荒《すさ》んできているようにも思えて悲しい。こんなときほど思いやりが大事だ。気をつけねば。

事務所にもどると上間が「おかえりなさ……ごほッ、ごほッ」と咳《せ》きこんだ。

思わず「きさま、出て行けッ」と怒鳴ってしまった。

夜はトマト煮込みハンバーグをつくる。四人分。評判良し。

※

四月十一日

予約が満席だったイベントはいくつかあったが、自粛要請の影響ですべて中止になった。昼も夜も料理ができるのは嬉《うれ》しいが、ちょっと目を離すと上間が餃子をつくろうとするので忌々しい。嫌いではないが、なぜ餃子ばかりなのか。尋ねると、

「え？　そんなに餃子つくってますか？」

どうやら台所に立つと自動的に餃子をつくるプログラムのようだ。

この餃子ロボ、先月の末はずいぶんようすが変だった。

「ああ、お金……お金が……」

そうつぶやきながら、ずっと頭を掻《か》きむしっていた。

予定していたイベントが次々と中止になったので、事務所の業績が傾いたのが不安なようだ。イベントだけでなく、出演する予定だった仕事がキャンセルになるたび、上間は獣のような唸《うな》り声《ごえ》をあげていた。

今の状況が長引きそうなので、私は彼が半狂乱になるのを防ぐべく、月並みだがユーチューブの番組制作を開始した。いくつか動画を撮影したあと「よかったぁ、これでもう大丈夫だ。いくら入りますかね？」と笑っていた。間もなく結果も出ることだろう。

自粛の影響か、怪談社のサイトに届くメールが増えてきた。しかし怪異の体験談ではなくスピリチュアルな相談が多い（お祓《はら》いの仕方を教えてくれ、霊がいるような気がするのですが、たしかめる方法はないのですか、など）。怪談社ではそういったもの対処はしていないので、困ってしまう。

届いたメールの中に「私の事故物件」という件名のメールがあった。

確か同じ件名のメールが去年も届いていた気がする。メールを開くと文字化けしていたが今回もそうだった。返信するとエラーになる。気になるので文字化け変換サイトで復元しようとしたが無理だった。

※

五月十二日

昨夜（正確には朝まで）は企画書を書きながら事務所で眠ってしまった。

昼前、インターホンの音で起床、注文していた書籍が届く。ダンボールを開けるのがいつも面倒だ。ペペロンチーノを食し、ラインのビデオ通話で取材。

最近、孫が産まれたばかりの都内在住の主婦Ｉさん、娘が住んでいたマンションの部屋でお祓いをした話。

十三年ほど前、Ｉさんの娘は大阪で就職、マンションの一室を借りた。初めてのひとり暮らしだったので、Ｉさん夫婦はちゃんと生活できるか心配だった。

三日から一週間に一度のペースで電話をした。ずいぶん仲が良い家族らしく、娘もその日は何があったのかを報告。生活のこと、仕事場のこと、好きな人のこと、なんでも母親と父親に話していた。

マンションに引っ越して二ヵ月が経ったころ。

部屋で人の気配を感じると娘が言いだした。

眠っていると微《かす》かに、ふうッと風のような音がするという。

最初は気にならなかったが、だんだん誰かの息づかいのように思えて怖くなった。

「娘には、聞き違いよ。きっと、隙間風の音だよって言ったんです」

ある朝、Iさんが仕送りのことで娘に電話をかけると、ようすがおかしい。

「……ゆうべ、変な夢を見て」

そう言ってこんな話を始めた。

深夜眠っていると、あの息づかいで目を覚ました。

娘は（隙間風の音だ）と気にせずに眠ろうとしたが——息づかいとは別に何かが軋《きし》むような音がする。顔をあげて音がするほうに目を凝らすと、浴室の引き戸が開いていく。引き戸が完全に開ききると、男の横顔がぬっと現れた。

娘が「あ」と小さく声をあげたとたん。

四《よ》つん這《ば》いの男が浴室から飛び出て、娘にむかって突進してきた。

娘は悲鳴をあげて、布団を頭からかぶり震えていた。

「気がついたら朝だったから夢だと思うんだけど、頭から布団を被ったまま目が覚めたの……布団をめくられないよう、しっかり握っていたし……あと」

閉めたはずの浴室の引き戸が開いていたの、と娘はため息を吐いた。

Iさんは夫を連れて大阪に向かい、近くの神社にかたっぱしから連絡、お祓いをしてもらった。それが終わったあと、三人で部屋を掃除。玄関やお風呂場に盛り塩を置いた。

以来、妙な夢を見ることも息づかいを聞くこともなくなったらしい。

なぜかギャラが振り込まれていなかったので、夜は野菜だらけの炒飯《チャーハン》をつくった。上間&スタッフ三人分。上間は「……肉が入っていないですね」とぼやいた。

※

五月二十五日

自粛の影響で、私も含めて事務所のスタッフ全員がネットで買い物するようになり、毎日荷物が届く。ストレスがたまっているせいか、みんなダンボール箱を勝手に開けて飲んだり食ったりしている。私が注文したポークジャーキーも上間に食われてしまった。いくつもの空のダンボール箱が折りたたまれ玄関に置かれている。

今日一日、集めた怪談のまとめをしながら事故物件のサイト「大島《おおしま》てる」と事件の記事をチェックしていた。事故物件がどんな理由で（事件の場合どんな動機で）事故物件となったのかを調べていた。思ったよりも些細《ささい》な理由で事件になり、特に殺人事件の場合、人が人を殺すのにたいした理由など要らないような気すらして恐ろしくなる。そんな調べものをしているとき音（ただの家鳴り、天井から）が聞こえて普通に驚いてしまった。

それはそうと、着実にぶくぶくと自粛太りしている上間はユーチューブの儲《もう》けが一日五百円だけとわかって絶叫していた。

夜はゴーヤーチャンプル。上間は食欲がないらしく、スタッフとふたりで食べた。

※

六月十七日

今日は晴れ、ちょっと長距離移動、群馬県高崎の市外まで。

怪談社のサイトにメールを送ってきたNさん宅で取材。金縛りにあったという部屋を見せてもらう。

当時Nさんはスナックでアルバイトをしていて、深夜まで働いていた。いつも泥酔して帰宅、化粧も落とさず就寝する生活。その夜、眠っていると耳鳴りで目が覚めた。瞼《まぶた》は開くが体が動かない。（金縛りだ、どうしよう）と焦っていると、

「目の前に男の顔があったんですぅ」

男は大きな目でNさんの顔をじっと見つめている。赤いパーカー、ジーンズ、黒い靴下がはっきりと見えた。はやく消えてくれと念じながら、頭の中でお経を唱えると男は姿を消した。

ベタな展開なので興味本位で「どうしてお経を唱えたんですか」と尋ねてみる。

「いえ、そういうときはお経を唱えるものでしょ」

「……ではお経は、どんなお経ですか？」

「ナムナムダブツって、繰りかえすのがお経ですよね？」

Nさんの部屋の本棚にはスピリチュアル系、自己啓発、占い、そして怪談本がたくさんあった。まずいちばんの疑問は、顔が目の前にあったのになぜすぐに気づかなかったのか。そして、体が動かないのになぜ靴下まで確認できたのか。

他にもたくさんの体験談（数えてみると九話。だいたい金縛りの話）を聞かせてもらったが、Nさんは先入観が強いタイプらしく、どの話も何かしら決めつけているところがあった。それよりもNさんの口からずっと涎《よだれ》が垂れていたことが気になった。

大丈夫だろうか。

事務所に帰ると上間がまた餃子をつくっていた。涎を見すぎて食欲湧かず。

※

六月二十三日

曇り。午後八時にスマホのテレビ通話で取材、神奈川在住の主婦Yさん。息子が五歳のとき、夫の実家で体験した話。

午後十一時ごろ、Yさんは眠っている息子のようすを確かめにいった。部屋を覗くと、息子は布団に入っていたが、目が開いている。

「おきちゃったの？」

息子に声をかけるが返事をせず、何かをじっと見ているようだった。視線の方向に目をやると、部屋の隅に男が立っていた。Yさんは悲鳴をあげて息子を抱きおこし、男のほうへ身構えたが影も形もなくなっていた。

黒い服を着た高齢の男で目鼻立ちがはっきりしていたという。

Yさんの悲鳴を聞いて部屋に駆けつけた夫と姑《しゅうとめ》に男のことを話す。幽霊らしきものを目撃したのは初めてだったので動揺して、

「く、黒っぽい服を着た、お、おじいさん、おじいさんが、いま、そこに」

うまく説明できなかった。姑と夫は顔を見合わせて、

「黒っぽい服って……もしかしたら」

「そうだよな。お祖父《じい》ちゃんかもしれない」

夫が言うには亡くなった祖父は、よく黒い服を着ていたらしい。

動揺しながらも、何とか顔の特徴も伝えると、

「お祖父ちゃんも目鼻立ち、はっきりしてたよね、母さん」

「そうね。お祖父ちゃんかも……そうだ、Yちゃんに写真を見てもらおう」

ふたりは仏間にいき、写真を探し始めた。

「その時わたしは怖くて息子を抱いて震えていたんです……でも本当にお祖父ちゃんなら曾孫《ひまご》を見守っていたのかも。そう考えたら、だんだんと落ち着いてきたんですけど――」

夫と姑がもどってきて、Yさんに一枚の写真を見せた。

「この人だろ？　ほら、黒い服も着ているし、目鼻立ちもはっきりしてる」

ところが写真の祖父とさっきの男はまったく違う顔だったので、また怖くなった。それを言うと姑と夫は「じゃあ、いったい誰だったんだろう」と首を捻《ひね》っていた。しばらくして姑が「……そういえば」と口を開く。

「むかし近所の人が遊びにきたとき、知らない男の人を見たって言ってたことがあるけど……どんな顔だったとか聞いてないし……」

結局、男が何者だったのかは不明のまま。

※

この夜は知人が送ってくれた和牛をフライパンで焼いて岩塩で食べた。他のスタッフのぶんまで、がつがつと食らいつく上間を見て「やめろ」と止める。金がないと人はこうまで浅ましくなるのか。

六月二十八日

今日は雨、湿度高し、涼しいが、気温が低いせいで家鳴りが多い。

私は寝て起きて作業の繰り返しなので体が重い。メールをチェックすると、昨夜

「私の事故物件」がまた届いていた。相変わらず文字化けで読めず。

事務所のキッチンにいくと、上間はまた餃子のタネを仕込んでいた。さすがに私はキレた。

「オレばっかりに仕事させて餃子ばっかかつくりやがってッ。餃子餃子餃子！　お前は餃子マンかッ」

上間は真剣なまなざしで、いかに自分の餃子愛が強いかを語りだした。餃子には深い味わいと夢と希望が入っているらしい。タレは醤油《しょうゆ》とラー油の他にホワイトペッパーをかけるのが上間ブームだという。そんなことは聞いていない。呆《あき》れる私を前に、

「この新しく届いてたホワイトペッパー、じゃりじゃりしていますけど、いけますよ。糸柳《しやな》さんも食べます？　美味《おい》しいですよ、餃子」

「……いらん。もう好きなだけ食べなさい」

午後四時に電車移動、埼玉の大宮駅にて待ちあわせ。

関西に住んでいたころからの友人、IT会社に勤めている営業Hくん。一年ほど前Hくんを通じて会社の先輩の不気味な体験を聞かせてもらい、その話は『忌み地』に収録した。

喫茶店に入って世間話をしたあと何か不思議な話はないか、いつものように聞いた。新しい話をいくつか教えてくれたが、その中にパソコンのメールがらみの話があった。

それを聞いて「私の事故物件」のメールを思いだした。

「文字化けなら、うちの会社が販売しているソフトに解読できるやつがありますよ。いったん家に帰らないとだめですけど。そのメールを送ってくださいよ」

私はスマホを使って、その場で文字化けした三通のメールをコピーし、Hくんのアドレスに送った。

深夜、Hくんから文字化けを解読したメールが届いた。

解読したメール（1）

この前イベント遊びにいきました(´∀`)すごくオモシロかったです(*^_^*)上間さんの怪談語りに感動しちゃって(/o＼)もお♡大ファン♡あたしは生まれてからずっと実家！　でも家族はみんな死んじゃってひとり(゜Д゜)でも、夜になると父か母か祖父か祖母の誰か家の中をウロウロして怖っ(>_<)って感じなのでぜひいっかい取材にきてください♡上間さん♡希望です（´∀`*）ｳﾌﾌヨロシクお願いします(><)

解読したメール（2）

初めましてこんにちわ(^^)/実は二回目のメールなんですが?!どーやら前回送ったメールが届いていなかったみたいで(、ε、)また送ってしまいました(^^)私は(@_@)なんと(@_@)事故物件に住んでいるのですが(^_-)-☆上間さんに是非調査を依頼(、・ε・、)事故物件なのでもちろん人が死んでいますよ(#^.^#)死んだのはあたしの父親と母親と祖父と祖母で私は今ひとり(T_T)年齢は二十九歳（見た目はもっと上とか言われちゃいます）です(^O^)／でもホントは初めてじゃなくてイベントにも行ったことがあって(*^▽^*)上間さんが(、_ゞ、)私のほうばっかり見て怖い話をしていたんで意識していたwと思うのですがとりあえず家にユーレイがいるのでぜひぜひウチに遊びに来てくださいね٩(、ε、)۶でわでわ

解読したメール（3）

怪談のイベントがコロナでなくなってしまったから実はわたしコロナが大嫌いですぅ(^.^)上間さん↑あたしのもの(。・ε・。)♡私のところに来れなかったときのため(-_-)zzz私から行こうと思っていましたけど悩み中(-ε-)/それくらい上間さんのこと

が♡好き好き好き好き♡ですけどやっぱり自分から上間さんのところにいこうΣ(゜Д゜)どうしてメールを返してくれなかったのか(ノД`)ｼｸｼｸどうして荷物を送ったのにありがとうもないのか(ノД`)ｼｸｼｸ私の家族の骨入りペッパー食べてくれたかな(ﾉ´∀`)ﾉﾟｰどうして私の事故物件に来てくれないのかをたしかめに行きたくロマンチックな夜にわたし五十一歳ですが二十九歳に見えると言われちゃいますのでビックリしないように(#^^#)いまから告白(◎_◎)行きます(ﾞε゜)雨だけど気にせずまた外壁のパイプから登って↑また爪剝がれても平気(^^)愛している上間さんのためによく餃子焼いてる事務所(・ε・)事故物件にしてあげる(♥´∀`♥)

たかむらの家

花房観音

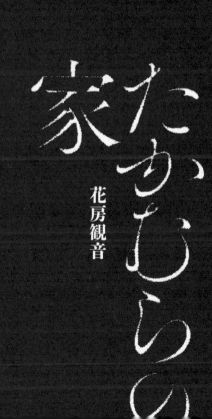

目の前にいる兄の妻は、飲み終えた麦茶のストローの先を弄《もてあそ》ぶようにさわりながら、話し続ける。

「おねぇさんしか、こんなこと相談できる人、おらへんのです。友だちに言っても、笑われるか病んだんやないかと思われるだけや。それに、貴彦《たかひこ》さんが、変なふうに思われるのも嫌やもん」

兄の妻の爪には、クリームイエローのネイルがほどこしてあり、それが甘ったるい人工甘味料と着色料を想像させた。普段は、健康のためにオーガニック野菜や食材の産地に煩《うるさ》いほどにこだわり、兄がインスタントラーメンやスナック菓子を口にするのも嫌がるのに、不自然なほど爪を彩ることには金をかけるのが、よくわからない。

「おねぇさんは、何かを見たり感じたりしたことは、ないんですよね、この家で」

兄の妻――花乃子《かのこ》が、そう問うので、私が「全くないのよ」と答えると、花乃子が、「私だけなんかなぁ。貴彦さんに遠回しに聞いても、『ないよ』って言われたんですよ」と口にした。

花乃子はそこで、私の麦茶のグラスも空になっているのに気づいたのか、立ち上がって冷蔵庫からペットボトルを取り出し、注ぐ。麦茶なんて、自宅で煮出しても水出しでも作ったほうが安上がりなのにとは思ったが、口にしない。兄が二度目の結婚をすると言い出したとき、私は相手がどんな女であろうとすべて受け入れ優しくしようと決めたのだ。

だから今日も、仕事で留守中の兄の家に訪れ、花乃子の話を聞いている。

兄の家——私が生まれ育って二十五歳まで暮らした場所だ。京都の東山《ひがしやま》、四条通《しじょうどおり》から祇園《ぎおん》、建仁寺《けんにんじ》を南に行き縁切りの安井金比羅宮《やすいこんぴらぐう》より南、古い住宅が並ぶ一角の路地にあるこの家は、築四十年にはなるだろうか。二階建ての小さな家に、子どもの頃は母と兄と私の三人で暮らしていた。

私の家は、他人から見ると、少々、訳ありの家らしい。兄と私とは父親が違う。兄の父は兄が生まれてすぐに、病で亡くなった。母の実家は昔は名家だったらしいが事業の失敗により没落して、援助も得られず、途方にくれていた際に、母の遠縁にあたる男性が世話をしてくれるようになった。その男は他に家庭があり、つまり母は妾《めかけ》になったのだ。その際に、もともと男の父の持ち物だったというこの家に、三人で住むようになり、男との間に私が生まれた。

京都の一軒家だというと、町家暮らしですね、などと言ってくる人もいるが、なんのへんてつもないただの家だ。

私の父は、私が小学生のときに家族で外国に移住し、手切れ金代わりにこの家は母のものとなり、母は飲み屋で働いて私たち兄妹を養うようになった。けれど、私が高校に入ったばかりのときに事故で亡くなり、兄は大学進学を諦め、絹織物を扱う会社で働きはじめて今にいたる。私は高校卒業後に花屋に勤めた。

私が家を出たのは、兄の最初の結婚がきっかけだ。兄は会社の上司の紹介で知り合った女と、この家で暮らし始めた。その際に私は独立して自分の店を持つことに決めた。ちょうど知り合いの花屋の主人が、高齢化で店を畳み、子どもと一緒に住むと聞いたので、安く譲り受けることができたのだ。そこは実家から歩いていけるような距離にあり、一階で花屋を営み、二階に居住している。

兄の最初の結婚は三年で破綻して、しばらくひとり暮らしを続けていたが、兄が三十二歳、私が三十歳になった年に、二度目の結婚をした。その相手が目の前にいる、花乃子だ。

兄より八歳下の、幼い顔をした小柄な女で、仕事先の娘とのことだった。気さくな女で、最初に顔を合わせたときから、「私、弟しかおらへんから、姉ができて嬉《うれ》しいんです。ほんまは私が義姉やけど、私のほうが年下やから、おねぇさんて呼んでいいですか」と、無邪気な笑顔を私に向けた。

花乃子は、早くに親を亡くした私たち兄妹に同情をしているようだった。自身が両親に溺愛されているのは、両家の顔合わせをした際に、よくわかった。

兄はそう高給取りではないし「将来、子どもが生まれたらお金もかかるから」と、この家で暮らすことを選んだ。

花乃子は、私の花屋にも、ちょくちょく顔を出し、気を使っているのか花を買い、家に飾ってくれている。無邪気で明るく、気遣いもできる花乃子が店に来ると、その場の空気が変わった。友人も多く、結婚パーティでは泣きながら祝福する女たちもいて、愛されて生きてきたのだなと思った。兄の友人の中には、「前の奥さん、ちょっと暗かったもんな。今のほうが若くて愛嬌《あいきょう》あって、よかったな」と口にしていた者もいた。

真面目で不器用で、女遊びなどもできない兄に、花乃子は惚《ほ》れているようだった。

そしてふたりが結婚して一年が経《た》った頃に、花乃子が花屋に来て、「ご相談があるんです」と言った。

「私、こわいんです、あの家」

そのときは、店には他の客がいたので、日を改めて兄と花乃子が住む、「あの家」に、兄が仕事で不在の際に、私は訪ねていった。

そして目の前で、愛らしい兄の妻が、目を伏せながら、話をしはじめると、重く響く鐘の音が聴こえた。

近くにある六道珍皇寺《ろくどうちんのうじ》の鐘の音だ。

冥土――あの世に響く鐘といわれている。

お参りに来た客が、撞《つ》いたのだろうか。鐘の音の余韻が残る中で、私は花乃子の話に耳を傾ける。

地獄に通じる井戸が近所にあるのは、子どもの頃から知っていたから、こわいとも何とも思ったことがなかった。それは日常の景色に過ぎなかった。

私たちの育った家が面している路地から車の通る道に出て、少し北に行くと、地獄に通じる「小野篁《おののたかむら》冥土通いの井戸」で知られる六道珍皇寺がある。お盆には、屋台が出て人が集って賑《にぎ》やかになるのが、楽しかった。それが「お精霊《しょらい》さん迎え」という、戻ってくる先祖の霊を迎える行事だというのを知ったのは、中学生の頃だろうか。

当たり前に生まれたときからあるものだから、特に関心を持ったこともなかった。六道珍皇寺には、小野篁という、平安時代に嵯峨《さが》天皇と地獄の閻魔《えんま》大王に仕え、あの世とこの世を行き来した人の伝説があることも、「六道の辻《つじ》」と刻まれた石碑があり、あの世とこの世を隔てる道しるべであることも、そこから少し西に行くと、幽霊が子どもを育てるために飴《あめ》を買いにきたという伝説のある「幽霊子育飴」の店があるのも、日常だ。

この辺りが注目されたのは、最近だ。なんでも「京都の魔界」とかで、さまざまな媒体に紹介され、テレビにも映っていたらしい。

この家がもっと古くて町家風ならば、怪談話も似合ったかもしれないが、なんのへんてつもない中途半端な築年数の家だ。

花乃子は「小野篁」は知っていたようだった。今どきは歴史もゲーム化や漫画化されているので、若い娘たちも知識がある。特にそういったものに興味があるわけでもない花乃子でも、ライトノベルに登場しているのを読んだことがあるらしい。

だからこの家に住み始めてから興味を持って、兄に頼んで、六道珍皇寺の「冥土通いの井戸」や、撞けばその音が地獄へ響く鐘を見にいったのも聞いた。

あの地獄へ響く鐘には、お盆になると、行列ができる。人々がその度に鳴らすのが、家にいても聞こえてくる。うるさくもないし、不快でもなく、ただ響くだけだ。

「最初におかしいなって思ったのは、眠っているときの貴彦さんの様子なんです。寝苦しいのか、唸《うな》っていることが何度かあって、それで私が目が覚めたことがありました。あんまりにも苦しそうだから、声をかけると、起きて『悪い夢を見てた、ごめん』と、私に謝ります。そういうことが続いて、ある日、貴彦さんが唸ったあとで、身体を起こして、『ちくしょう！　ちくしょう！』と、叫ぶんです。私、驚いてしまって……だけど、貴彦さんは、自分がそんなことを口にしたのは覚えてへんていうんです」

話しながら、花乃子はちらちらと瞬《まばた》きをする。

「変なこと聞きますけど、お義母《かあ》さんは、事故で亡くなったんですよね」

「そうやであの頃、ふたりの子どもを育ててそれなりに大変やって、飲み屋で働いて、お客さんに飲まされたんかなぁ、ふらふら歩いているところを車に轢《ひ》かれて、死んだ。母親の不注意で、轢いた人が気の毒やったわ」

「……貴彦さんも、そう言ってました。おねぇさん、私がなんでこんなことを聞くかというと……この家、変なことがあって」

花乃子は言葉を途中で止めて二杯目の麦茶を一気にストローで吸いこんだ。

もともと風通しの良い部屋で、クーラーもついていないけれど、この季節はさすがに冷たい飲み物がすすむ。

一階の台所の隣にあるこの四畳半の和室は、私たち家族が食事をしたりテレビを見る部屋で、いつも木で出来たちゃぶ台を囲んでいた。あのちゃぶ台は脚が折れて捨ててしまい、今あるのは花乃子が買った目が覚めるような明るい若草色の正方形のテーブルで、古いこの家には不似合いではあった。

今、そのテーブルをはさんで、花乃子と向き合っている。

花乃子は冷蔵庫から再び麦茶を取り出し、グラスに注いだ。

「こんなことやったら、無理してでもマンション買ってもよかったかなと今さら思うんです。前の奥さんと暮らしてた家に住むって決めたときに、友だちに『平気なの？』とか言われたけど……過去の話やしって。それに貴彦さんが、この家を離れたくなさそうやったし、私もずっとマンション暮らしやったから、一軒家に住みたかったんです」

花乃子は汗をかいて、ハンカチで拭う。

「変なことっていうのは……臭いです。家に戻ると、ふとそれが部屋に残ってることがあって……なんの臭いやろってずっと気になってたんですけど、水なんです」

水？　と、私は身を乗り出した。

「ええ、水です。私、貴彦さんがうなされて、目が覚めてしまって、喉が渇いてたから台所にいったんです。いつもはうち、ペットボトルの水を買い置きしてるんですけど、その日はたまたま切らしてしまってたから水道の水をコップに入れて口つけると……臭うんです。生臭くて、すぐに捨てました。ちょっと口つけたから吐いてもしまった。でも、普段は、料理をしていても、そんな臭いはしぃひんのです。台所の流しの水だけじゃなくて、洗面所、お風呂場、いつもはそんなことないけど、ときどき水が臭ってて、その臭いが、家に残ってるんです」

私自身も、覚えがある。

花屋をしているから、さまざまな花の匂いが私の体や家に残る。

「でも臭いも、ほんまは些細なことで、普段なら気にせんかったんかもしれへん。やっぱり一番は、貴彦さんが、そのあとも何回か、『ちくしょう』って眠りながら叫んでることで、私もその度に目が覚めてしまう。おねぇさんやったらご存じですけど、貴彦さんは穏やかな人で、普段、そんなふうに怒鳴ることなんて、ないんです」

花乃子の言うとおりだ。貴彦は、少し気弱なぐらい、穏やかで優しい男だ。

「おねぇさん、この家って、アルバムがないですよね。貴彦さんやおねぇさんの子どもの頃の写真、お義母さんの写真も見たことがない。貴彦さんになんでって聞いたら、『母親が死んだときに、間違って処分してしまった』って言うんやけど、普通、お母さんが早くに亡くなってたら、逆にそういうもんを大事にしようとするんとちがうんかな。そやから、私、もしかして貴彦さんが、昔のものを見られたくなくて、自分で捨てたんちゃうかなと疑ってしまって……あと、前から気になってたんですけど、お義母さんの話をしぃひんのが、なんか関係あるんですかね」

「私たちの家の事情は知ってると思うけど、母は私の父とは結婚せずに世話になって暮らしていたから、兄としては複雑なものがあるかもしれない」

「……最初に思ったんは、貴彦さんが『ちくしょう』って怒ってるのはお義母さんに対して何かあるんかなぁって」

「それはないと思うわ」

母はあとで生まれた私よりも、実の父の顔を知らない兄に気をつかっていたようなところもあって、兄のほうが可愛《かわい》がられていた。

だからこそ、あんな死に方をしてしまったのだ。

ごぉおおぉぉぉぉぉ――――ん……。

また、珍皇寺の鐘の音が聴こえる。

お盆は過ぎたけれど、お参りする客は絶えないようだ。

「おねぇさんは、前の奥さんとは仲が良かったんですか」

ふいに、花乃子が、そう聞いてきた。それが私には、ひどく唐突な話の転換に思えた。

「特別仲がよかったわけでもないし、だからといって関係が悪いわけでもないし……ギスギスした関係になりたくないから、私が家を出ることにしたんや」

長年住んだ家に愛着はあったが、こんな小さい家に小姑《こじゅうとめ》がいるのは、さすがに兄も嫌だろうと思ったのだ。前の妻は、花乃子のように社交的ではなかった。顔立ちは整っていたけれど、おとなしい女で、口数も多くない。

「なんで、貴彦さんは、前の奥さんと離婚したんやろう」

「すれ違いだって、聞いてるけど」

「私もです。ある日、突然、奥さんが出ていってしまって、実家に帰ったと。人の気持ちは変わることがあるからって、貴彦さんは言ってました。……でも、私、家でおかしなことが起こってから、離婚した理由が気になってきたんです。離婚なんてありふれているから、貴彦さんとつきあうときも私は全く気になんてしなかったんですけれども、でも」

花乃子は何かを決意したように、大きく息を吸う。

「おねぇさん、私、この家に、何か臭いが残るのと、貴彦さんがうなされるのには……最初はお義母さんが関係してるんじゃないかって思ってました。貴彦さんは、お義母さんのことにも、お義母さんの死にもふれたがらず、何かあったんじゃないかって。それに、前の奥さんのことも、段々気になってきて……」

愛らしい顔立ちの花乃子の顔が、歪《ゆが》んでいる。

「おねぇさんが住んでた頃は、そんなこと全くなかったんですよね。でも、私は確かに感じるんです——誰かの存在を。あと、貴彦さんが、たまに、遠くを見ているというか……何か考え事をしていて、苦しんでいるようなときもあって……。私、半月ほど前に、考え事してて、眠れへん日があったんです。そうしたら、また夜中に、貴彦さんが声を出してるんやけど、それはただの唸《うな》り声《ごえ》じゃなくて、どこか悦《よろこ》んでいるような……覚えのある声やった」

花乃子の表情から心のうちを私は読み取ろうとするが、今ひとつ、わからない。

「こんなことを話すのは恥ずかしいんやけど、あのときの声に……似てるんです。男の人が、女の人と……けれど、途中でまた『ちくしょう！』って叫んで、苦しんでる。いったい、貴彦さんは何を見ているのだろうと私、気になって……身体にふれてみたんです。そうしたら……」

花乃子は、そこで言葉を止めた。話すことを躊躇《ためら》っているのだろう。

「こんなことまで、お話ししていいか」

「気にしないで、大事なことかもしれないし、それこそ、他人じゃないんだから」

「貴彦さんの下着が濡《ぬ》れていました……射精してたんです。私が、驚いたのは、本当にお恥ずかしい話ですけれど、ここ数ヵ月は、貴彦さんの仕事が忙しくて夜遅いこともあるし、一緒に住むようになってからなんとなく……夫婦のそういうのが少なくなってたんです。せやけど、私、子どもが欲しかったから、貴彦さんにせっついて、排卵日だからってする日を決めたりもしてました。けれど子どもができるどころか、貴彦さんが私にふれることも少なくなって……なのに」

花乃子はうつむいた。

自分に欲情しなくなった男が、見えないものに興奮していたのが、屈辱的だったのか。

「いったい、この人は、夢の中で何を見ているんやって考えました。でも、聞いても答えてくれへん。うなされてるから心配してるって伝えても、ごめんと謝るばかりで

「……あ、すいません、ちょっとトイレに行きます。麦茶飲みすぎちゃったみたい」

そう言って花乃子は立ち上がり、しばらくすると水を流す音が聞こえ、戻ってきて再び私の目の前に座る。

「失礼しました。私、実は、こうしておねぇさんに話す前に、前の奥さんが何か知ってるんやないかと思って、どうして離婚したのか聞きたくて、会いに行ったんです」

花乃子は、そう言って、顔をあげた。

私に目を据えて、じっと見てくる。

さきほどまでの怯《おび》えた様子とは違う、挑むような表情だ。

どうして、前の妻の連絡先を知ってるのと私は聞いた。

「名前はわかるから、インターネットで検索したら、SNSが出てきました。岐阜県のご実家で暮らしておられるとのことで、メッセージを送りました。驚かはったみたいやけど、私のほうが結構強引に、会いに行きたいとお願いしました。そして岐阜に行ったのが、一週間前です」

花乃子は瞬きを繰り返してはいるが、必死で私から目をそらさないようにしている。

「会うのを承諾してくれたけど、最初はすごく悩んでいらっしゃる様子でした。それに貴彦さんの名前を出すと、こう、顔が歪むというか……おぞましい名前を聞いたかのように表情に恐怖心が現れていて……よっぽど嫌なことがあったんやろうね」

私は黙って聞いていた。

「どうしても、話したくないと、言われました。ただ、お義母さんが亡くなったのも、自分が逃げたのと無関係ではない、とは、おっしゃっていました。結局、お話はしてくださらなかったんですけど……別れ間際に、『あの家の近くに、小野篁が地獄と行き来していた井戸があるでしょ。今、考えると、場所がいけなかったのかもしれない。だからあの人たちも』と、言われました。そこからは、もう本当に口にしたくないといったふうで……。そやから私、御礼を伝えて、帰りました。そのあと、あの人が言った言葉の意味を、ずっと考えていたんです」

私は貴彦の前の妻の顔を思い浮かべた。

あのときの、女の歪んだ恐怖に似た表情を。

「友だちで大学に残って京都の歴史を研究している子がいるから、小野篁について知ってることをまとめてもらって、それを読みました。でも、そのときも、やっぱり何を意味してるかは、わからへんかった」

花乃子は、再び、大きく息を吸い、吐き出す。

「私、昨日、おねぇさんの花屋で買った花がしおれてきたから、捨てたんです。茎のほうはもう腐ってて……それで気づきました。この家の水から漂ってきた臭い、たまに残っている臭い、これ、花の匂いやって。綺麗に咲いてる花やなくて、枯れて腐りかけている花の臭いなんです」

ごぉおおおぉぉぉぉぉぉ——ん……。

また、鐘の音だ。

いつもより、響く。

花乃子は鐘の音を気にしている様子はない。

もしかすると、これが聴こえているのは、私だけなのだろうか。

「おねぇさんは、前の奥さんがいた頃も、私が貴彦さんと結婚してからも、妻が留守の間、この家に来てはったんでしょ」

「私の荷物も残ってるから、そりゃ来たわ。ここは私の実家で、鍵も持ってるもん」

けれど、花乃子が住みはじめてから、ふたりきりで、貴彦とこの家で会うことは、なかった。

貴彦に拒否されたのだ。

「もう、やめよう」と。

貴彦は泣いていた。

こんなことは間違ってる、もう誰も傷つけたくない。

貴彦が苦しんでいるのがわかったから、貴彦のために、私は自分の想《おも》いを断ち切ろうとした。今度こそ、と。

でも、だからこそ、私の貴彦を想う気持ちが、身を離れ、この家に訪れた。

眠っているときに、私は自分の身体から意識が離れていく感触が、確かにあった。

私の魂は、この家に来て、貴彦に縋《すが》りついていて、貴彦の身体はそれに応えてくれた。

「おねぇさんに沁みついている花の臭いやって気づいて、私、改めて友だちにもらった小野篁の資料を読み返して、気づきました。篁は、母親の違う妹と恋に落ち、それは許されぬことだったから妹は監禁され、そのまま死んだ。深く嘆き悲しんだ篁は、この世と地獄を行き来する能力を身に付けたのだという話があると、知りました」

喉が渇いたが、私の目の前のグラスは空っぽだ。

ここはもともと私の家だから、自分で立ち上がってお茶をもってくることもできるが、私を正面から見据える花乃子の顔から眼を逸《そ》らせなかった。

「貴彦さんが、夜中に、『ちくしょう!』って、叫んではったの、あれは私は何かに怒ってるんやと思ってたんやけど、たぶん、違うんです。畜生──妹と関係をもっている自分自身について口にしてはったんちゃうかなぁ。畜生やって」

畜生──その言葉を最初に私たち兄妹に投げつけたのは、母親だ。

母は私たちが裸でからみあっている姿を見つけてしまった。ふたりとも自らの血を引くものであるからこそ、母は嘆き悲しみ、自分を責め、酒に逃げ、事故死した。この家にアルバムがないのは、私たちの行為を「畜生だ、おぞましい」と罵倒した母が、自分の血を呪い、すべて捨ててしまったからだ。

葬式のあと、兄は「殺したのは、俺たちだ」と、口にした。私はそれに返事をしなかった。私よりも、自分を責め続けていたのは、兄のほうだ。

私たちがそういう関係になったのは、小学生の頃だ。同じ布団でじゃれあっているうちに、裸になったほうが気持ちいいよと私が言い出したことだけは覚えている。お互い、最初に知った異性であり、飽きることなくどうしたら快楽が深まるかを追求し続けた。それが私たちの最高に楽しく、お金のかからない娯楽だった。

何度も、「やめよう」「最後にしよう」と口にしたのは、兄のほうだ。けれど、すぐに私たちは同じ血が流れる自分たちの肉体以上のものはないと、引き寄せ合う。

けれど今度こそと、兄は結婚し、私は家を出た。でも、やはり妻より私のほうがいいと兄は私を欲し、私自身も他の男と交わってはみたものの、結局それは兄の良さを思い知るだけとなったのだ。

前の妻は、私たちの関係を察して、逃げるように家を出て離婚届を送ってきた。これで兄は私のもとに戻ってきたと思っていたのに、次に現れたのが花乃子だ。

そして兄は、花乃子と結婚して、私との関係を本当に断とうとした。

私が泣いて縋っても、兄は私にふれようとせず、私も諦めることを決めた。

それなのに、私の魂は、私の身体を離れて、兄のもとに訪れている。

あんな快楽を、忘れられるわけがない、離れられるわけがない。

そう思っていたのは、私だけではなかった。

肌を合わせたときに全身が震える相手は、兄だけだ。

私たちは幼い頃から、誰よりもお互いのことを知っているのだから。

兄には、私しか、いない。

たとえそれが畜生と呼ばれ、地獄に落ちるまぐわいだと知っていても、逃れられない。

「おねぇさん、私、貴彦さんのこと好きなんです。ショックやったし苦しんだし……でも、やっぱり貴彦さんとは別れたくない。貴彦さんは、きっと傷ついてるんやと思います。そやから一緒に、これから……なんやろ……眠い……」

さきほど花乃子がトイレのために席を離れたときに麦茶にいれた薬が効いてきたようだった。

花乃子は顔を覆い、身体がゆらゆらと揺れて、「あかん……」とつぶやいたまま、横になった。

この女がいる限り、貴彦は私のもとに戻ってこないし、私はこの家に帰れない。愛《いと》しい男に抱かれるために、私の魂は夜、貴彦に寄り添ってはいたが、魂には人を殺すほどの力はないようなので、私自身がこの女の息の根を止めるしかないのだ。

この女が前の妻のところまで行って、私と貴彦のことを知ってしまったのは予想外ではあったが、その前から私は決めていた。

私は立ち上がり、風呂場に行く。浴槽にお湯を張り、眠っている花乃子を沈めるために。貴彦が帰ってくる前に、すべて終わらせなければいけない。

私たちは畜生かもしれない。地獄に落ちるだろう。

けれどあの冥土に響く鐘の音を聴きなれているおかげなのか、地獄はそう悪いところではないとも思える。

ごぉおおおおおおお——ん……。

地獄へ響く鐘が、また聞こえてきた。

妹の部屋

神永学

1

不動産会社の内藤《ないとう》さんから連絡がきたのは、昼過ぎのことだった――。

〈すみません。妹の優希《ゆき》さんが契約していた部屋の件で……〉

そう切り出した内藤さんに、私は不信感を抱いた。

なぜなら、妹は三ヵ月前に他界したからだ。

住んでいた一人暮らしのマンションの部屋からも、実家からも遠く離れた山中に放置された車の中で死んでいた。排ガスをホースで車内に引き込んでいたらしい。

元々、精神的にあまり強くはなかった。思い込みも激しく、少しのことで、すぐに思い悩むところがあった。

女の幽霊に付きまとわれていると意味不明なことを言い出すこともあった。

そういう妹だったので、自殺したと連絡を受けたとき、私は妙に納得してしまった。

だが――。

両親はそうではなかった。

娘が死ぬはずがないと、彼女の名を叫び続けた。他殺を疑ったとか、そういうことではない。妹の死そのものを受け容れなかったのだ。遺体を見ても、あれは娘ではないと言い出す始末だった。

そんな調子だから、葬式もやらなかった。妹の死を頑《かたく》なに否定し続けたのだ。

妹の死は、秘匿《ひとく》されたようなものだ。死んだことを知らない人の方が、圧倒的に多いだろう。

それが証拠に、妹の恋人である田村《たむら》君は、死後五日ほど経《た》ってから、妹と連絡が取れないと、SNSを通じて私にコンタクトしてきたくらいだ。

死んだという事実を伝えると、狂ったように泣きじゃくった。私は、かける言葉が見つからなかった。

愛する人を失っただけでなく、その事実を知らずに過ごしていた自分を責めた部分もあるだろう。

「あの物件は、もう解約したはずですが……」

私は、苛立《いらだ》ちを呑《の》み込《こ》みながら内藤さんに告げた。

妹が死んだあと、彼女が一人暮らししていたマンションの部屋は解約した。私が荷物を運び出し、鍵を返却したので間違いない。

内藤さんはそれに立ち会っていたのだから、承知しているはずだ。

〈そうなんですけど、ちょっと、妙なことになっていまして……〉

「妙とは？」

物件の原状回復の段階で、何か問題が起きたのかもしれない。

〈とにかく、一度、お見せしたいものがあるので、お時間を作って頂けませんか？〉

意味が分からず、私は内藤さんに何度も事情を問《と》い質《ただ》したが、〈見て頂ければ分かります〉の一点張りだった。

釈然としなかったが、内藤さんがあまりにしつこく懇願してくるので、私は渋々承諾することにした。

仕事を終え、百合《ゆり》ヶ丘《おか》の駅前で待ち合わせをすることになった。

妹が暮らしていた街だ。

私が駅に到着すると、改札の前で待っていた内藤さんは深々と頭を下げた。

「急に、このような連絡をしてしまい、誠に申し訳ありません」

「いえ。それより、いったいどういうことなんでしょうか？」

すぐに事情説明があると思っていたのだが、内藤さんは「取り敢えず行きましょう」と、先導するかたちで歩き出した。

何処《どこ》に向かっているのかは、すぐに分かった。

三ヵ月前も、こんな風に、内藤さんに先導され、ゆるやかな坂道を上った覚えがある。

高台に位置する、七階建てのマンションにやって来た。

やはりこの場所だ。妹は、このマンションの３０４号室に住んでいた。

「忘れ物とかですか？」

私が訊《たず》ねると、内藤さんは困ったように眉を寄せた。

「忘れ物というか、何というか……。とにかく、見て頂きたいんです」

内藤さんは、そのまま３０４号室の前まで足を運び、持参した鍵を使ってドアのロックを解除した。

「どうぞ。お入り下さい」

内藤さんが促す。

私は、戸惑いつつも、言われるままにドアを開けた。

部屋は暗く、中がよく見えない。

あとから入って来た内藤さんが電気を点《つ》けてくれた。

1Kの部屋は、カーテンがかかっていて、照明器具も設置されている。いや、それだけではない。ベッドが置いてあり、テレビやテーブル、書棚なんかも置かれている。

もう、この部屋では、別の誰かが生活している――そう思うと、少しだけ複雑な気分になった。

妹が死んだのは、この部屋ではない。事故物件でもないのだから、すぐに入居が決まったとしても、何ら不思議はない。

だが、新たな住人が住んでいるのだとしたら、どうして内藤さんは私をこの部屋に連れて来たのか？

「あの……」

問い掛けようとした私だったが、それを遮るように内藤さんが言った。

「あのときのままなんですよ」

「お気付きになりませんか？　三ヵ月前とまったく同じなんです」

内藤さんの言葉を受け、改めて部屋を見回した私は、ようやくその異様さに気付いた。

この部屋は、三ヵ月前のままだ。

荷物を運び出す前の、三ヵ月前とまったく同じ。死んだはずの妹の部屋が、そのまま再現されている。

そんなことがあるのか？

私は、部屋に上がり、くまなく観察した。そして気付いてしまった――。

これは再現ではない。

ここに置かれているのは、全て妹が使っていたものだ。その証拠に、カーテンの色も、家電の種類も、全部が三ヵ月前と同じだった。妹が小学生から使っていたデスクには、彼女の好きだったアニメキャラクターのシールが貼られている。

何より、テーブルの上のフォトスタンドには、私たち家族の写真が飾られている。

「これはいったい……」

私は、愕然《がくぜん》としながら口にした。

「それが、私たちにも分からないのです。この物件を希望していらっしゃるお客様がいて、内見に来たところ、このような状態だったのです」
私は、ただ唖然《あぜん》とすることしかできなかった。

2

私は、電車に揺られていた――。
中央線は高低差が大きい上に、カーブも多く、酷《ひど》く酔うので、あまり乗りたくない。
それが、一人暮らしを始めてから、帰省しない表向きの理由だ。
本当は――。
両親が苦手なのだ。
虐待などを受けていた訳ではない。両親は、人並みに愛情を注いでくれたと思う。
ただ、何とも言えないズレを感じていた。

料理の味付けだったり、お笑い番組を見ている時の笑うタイミングだったり、怒るポイントだったり、そうしたことが、絶妙にズレているのだ。

実家に住んでいたときから、ずっと居心地の悪さを感じていた。

それは、妹に対しても同じだった。だから、同じ首都圏に住んでいながら、彼女の部屋に行ったのは、彼女が死んでからだった。

家族だから分かり合えるなんていう理論は、あまりに乱暴だと私は思う。

血が繋《つな》がっているというだけで、無条件に理解し合えるはずがない。人間は、あくまで個であって、同化したりはできない。

甲府《こうふ》の駅で降り、路線バスに乗り換えた私は、スマホを確認する。

着信はなかった。

昨晩から、何度となく実家に電話を入れているが、未《いま》だに折り返しの連絡はない。

何かあったのではないか——とは考えなかった。

私の家族は、よくこういうことをする。連絡や、約束事をなおざりにするのだ。そういう無神経なところも、合わない理由の一つだ。

その癖、異常な執着を見せることもあった。

実家で飼っていた、犬のラッキーが死んだとき、私の家族は、ラッキーの死体を部屋の中に置いたままにした。

——可哀相《かわいそう》だから。

そう言った。

確かに、死んだのは可哀相だ。私もラッキーが死んだときは、泣きもした。だが、だからといって、死体を置いたままにするという行為は、どうにも理解できなかった。

次第に腐り、崩れ、異臭を放ち始める犬だった肉塊を見ていることが耐えられず、私はラッキーを庭に埋めた。

そんな私の行動を、家族は「冷酷だ」と批難した。

飼い犬の死骸を、腐らせておくことの方が、私にとっては冷酷な行為だが、彼らからしてみると、そうではなかった。

思えば、実家を出ようと決意したのは、あのときだったのかもしれない。

路線バスに一時間ほど揺られ、長沢《ながさわ》のバス停で降車し、そこから十分ほど坂道を上った先に、私の実家はある。

手入れされていない広い庭に、ポツンと二階建ての家がある。

そして、家の脇には、未だに犬小屋が残されていた。ラッキーは十年も前に死んだというのに。

家族とのズレを、再認識しつつ、私は玄関のドアを開けた。

廊下を進み、居間に向かうと、両親は並んでソファーに座り、テレビを見ながら笑っていた。

和《なご》やかな空気に見えるが、私には、それが苦痛だった。

「あら。お帰り」

母が私に気付き、何気ない調子で言う。

そういうところが、苛立ちを増幅させる。

「何度も電話したんだけど」

私が言うと、母は父と顔を見合わせる。

「そうか。気付かなかった。とにかく、そんなところに突っ立ってないで、座ったらどうだ？」

父が、そう促す。

私はため息を吐《つ》きつつ、二人の向かいに腰を下ろす。

「お茶でも淹《い》れるわね」

母が席を立とうとしたので、私はそれを制した。

「一つ、確認したいことがある」

真剣な顔でそう切り出すと、空気を察したのか、両親の顔から笑みが消えた。

大事な話か――と父が問う。私は、そうだと答える。

「そうか。大事な話なら、優希も一緒のときがいいんじゃないか」

父が言った。

――やっぱりそうだ。

薄々は、そうではないかと思っていたが、やはり信じたくはなかった。だが、今の返答ではっきりした。

「明日、優希も帰省するって言ってたわよ。あなたも、今日は泊まって行くんでしょ。明日みんなで……」

「今すぐ話す」

私は、苛立ちを噛《か》み殺《ころ》しながら、そう告げると、改めて両親の顔を見据えた。

二人とも、何が起きているのか分かっていない様子で、キョトンとしている。その表情に、心がざらついた。

まさかとは思っていたが、やはり父も母も、真実をねじ曲げてしまっているようだ。

ラッキーのときもそうだった。

犬の死骸を庭に埋めた私を、両親と妹は強く批難した。

最初は、死んだからといって埋めてしまうなんて——という内容だったが、日が経つにつれて、それは変化していった。

まだ、息があったのに、早々に死んだと思い込んだ私が、ラッキーを埋めてしまったという話にすり替わった。

さらに、月日が経つと、私がラッキーに嚙まれた腹いせに、生き埋めにした——ということになっていた。

それは、家族の共通認識になり、私のことをそうした残酷なことをする人間だと罵った。

終《しま》いには、私を精神科に連れて行き、カウンセリングを受けさせようともした。

幸いなことに、そのときの精神科医は、私の言葉が正しいことを信じ、むしろ治療が必要なのは、家族の方だということを分かってくれた。

そして、今、あのときと同じことが起きている——。

「優希はもういない」

私は、勇気を振り絞ってそう言ってみたが、父と母は理解できていないらしく、不思議そうに首を傾《かし》げる。

妹の死を受け容れられない両親は、どうしても彼女を生きていることにしたかった。

だから、引き揚げたはずの妹の荷物を、再び解約した部屋に運び込み、かつての部屋を維持した。

そうしているうちに、両親の脳の中で、娘がまだ生きているという願望が真実となってしまったのだろう。

「優希は死んだんだ。三ヵ月前に――」

私が、その事実を告げるに至っても、両親は真実を受け容れなかった。

まるで、気味の悪いものでも見るような目を、私に向けた。

ラッキーのときに、私に向けた目だ。妄想に囚《とら》われて、現実を見失ってしまった憐《あわ》れな息子。

――違う。

現実を見失っているのは、両親の方だ。

私は、ラッキーを生き埋めになんてしていないし、妹は自殺した。それが真実だ。

「二人も遺体を見ただろ。霊安室で。優希は死んでいないって、警察官に食ってかかって、騒ぎになったじゃないか。辛いのは分かるけど、真実を受け容れなきゃ」

そうまくし立てたが、両親の表情は、より一層、険しくなるばかりだった。

「あなた、どうしちゃったの？」

母が私の肩に触れようとする。

私は、咄嗟《とっさ》に身体を反らした。触れられれば、こちらまでおかしくなっていく気がした。

「どうかしてるのは、そっちだろ。どうして、受け容れられないんだ。優希は死んだんだ。それなのに、引き揚げたはずの荷物を運び込んだりして。そんなことをしたって、死んだ人間は戻ってこない」

私が早口に言うと、父が長いため息を吐いた。

「治ったと思ったのに、また再発したようだな。辛いかもしれないが、病院に行こう」

父が私の手を摑《つか》もうとする。

「触るな！　病気なのは、おれじゃない。あんたたちだ！」

私は立ち上がって叫んだ。

そんな私に、両親は憐れみの視線を向けてくる。そんな目で見るな。それでは、まるで、こっちがおかしいみたいだ。

「お前、薬はちゃんと飲んでいるのか？」

父が憐れみに満ちた声で言う。

「薬？」

「そうだ。精神科の先生にもらっていただろ。ちゃんと飲まないから、再発しているんだ」

「再発って何のことだ？」

「あなたは、統合失調症なの。症状が治まったからって、やっぱり一人暮らしなんてさせるべきじゃなかった」

母は唇を嚙み、涙を拭う。

——この人たちは、いったい何を言ってるんだ？

「おれは病気じゃない」

「残念だけど、お前は病気なんだ。妄想に囚われてる」

父が小さく首を振る。

「冗談じゃない。おれは……」

「優希は生きている。昨日も、電話で話をしたんだ。妹が死んだなんて、お前の妄想なんだよ」

強く否定しようとしたが、言葉が見つからなかった。

――妄想？

真実を見誤っていたのは、自分の方だと言いたいのか？　そんなバカな。あり得ない。正しいのは私だ。

自信があるはずなのに、どういう訳か心が揺れる。

「とにかく病院に――」

私を摑もうとした父の手を振り払い、逃げるように家を飛び出した。

3

間違っているのは、私なのか両親なのか――帰りの電車の中で、そんなことばかり考えていた。

いや、悩むようなことではない。正しいのは自分だ。分かりきっているのに、確信が持てない。どうしてだ？

　苛立ちがピークに達したところで、妹の恋人だった田村君から電話があった。

そうだ。田村君ならば、妹の死を知っている。私の考えを肯定してくれるに違いない。

「もしもし――」

私が電話に出るなり、田村君は〈なんで、あんな嘘《うそ》を吐いたんですか！〉と、凄い剣幕で怒り出した。

「嘘？　何の話だ？」

〈優希は、死んでなんかいなかった。それなのに、ぼくに嘘を吐いた〉

「え？　違う。嘘なんて吐いてない」

〈そんなこと言っても無駄ですよ。優希と会いましたから。ちゃんと、生きています〉

「なっ……」

〈ぼくは、あなたのことを許しません！〉

一方的に告げると、田村君は電話を切ってしまった。

――どういうことだ？

両親だけならまだしも、田村君まで妹の死を嘘だという。しかも、直接会ったと――そんなはずはない。

本当なら、新宿まで行くはずだったが、私は八王子で途中下車をすると、妹が住んでいた百合ヶ丘の駅に向かった。

息を切らしながら、坂道を上る。

不思議だった。なぜか、世界が歪《ゆが》んでいくような気がした。

妹が住んでいたマンションの304号室の前に立つ。インターホンを押してみたが、反応はなかった。

ドアノブに手をかけると、鍵がかかっていないらしく、ガチャリと開いた。

電気を点けて部屋の中に入る。

当然のことながら、妹の姿はなかったが、部屋は昨日と同じで妹の物で溢《あふ》れている。

――そうだ。

ここで、私は思い出す。不動産会社の内藤さんに確認すればいいのだ。そうすれば、妹が死んだことを証明できる。

内藤さんはすぐに電話に出た。

〈昨日は、すみませんでした〉

「いえ。物件の件ですが……」

〈その件は、片付きました〉

「片付いた？」

〈はい。御両親から連絡を頂き、契約を継続することで話が付きました。賃料が支払われるならうちとしても……〉

途中から、内藤さんの声が耳に入ってこなくなった。いったい、何を言っているんだ？　両親が契約を継続した？

――優希はもう死んでいるのに。

やはり、ズレていたのは、自分なのだろうか？

茫然自失《ぼうぜんじしつ》の私の視界に、ふとフォトスタンドが入った。その写真に、違和感を覚えた。

昨日と写真が変わっている。

家族が写っているし、構図も同じだが、妹の顔が違った。妹だけ、別の女の顔になっていたのだ。

「何だこれ……」

替わって写っている女。

「何言ってるの。家族の写真じゃない」

急に聞こえてきた声に、ビクッと飛び跳ねつつ目を向ける。

そこには、一人の女が立っていた。見ず知らずの女——いや、家族写真で妹と入れ替わって写っている女。

「お前は誰だ？」

「誰って。優希よ。自分の妹の顔を忘れちゃったの？」

「ふざけるな！　お前は、断じて優希じゃない！」

私が強く否定すると、女は長いため息を吐いた。

「そう。信じてくれないの。それは残念」

「お前……」

「てか、あんた邪魔なんだよね。私は、もう少しで優希になれるのに……」

女が冷たい視線を向けてきた。

「何を言ってんだ？」

「だからさ。私は、どうしても田村君を手に入れたかったの。それなのに、田村君ったら、優希なんかと付き合ってさ」

「……」

「私、訊《き》いたんだよ。優希の何が好きなのって。そしたら、全部だって。だから、田村君と付き合う為に、優希のもの全部を貰《もら》うことにしたの」

女は、笑みを浮かべた。

それと同時に、私の喉にどんっと衝撃があった。それは、すぐに熱を持った痛みに変化する。

あまりの痛みに叫ぼうとしたが、喉がひゅーひゅー鳴るばかりで、声が出なかった。

包丁で喉を突き刺されたらしい。慌てて手で押さえたが血は止まらなかった。

私は、その場に崩れ落ちる。

視界が真っ赤に染まっていた。その向こうで、女が小さく笑みを浮かべていた。

私は、ようやく全てを理解した。

おそらく、妹の優希を自殺に見せかけて殺害したのは、この女なのだろう。恋人の田村君を奪う為に――。

いや、違う。

この女が奪おうとしたのは、妹そのものだ。

だから、両親に近付いた。娘を失ったことを受け容れられなかった両親は、この女にそそのかされ、娘はまだ生きているという妄想を植え付けられた。

利害が一致してしまったのだ。

田村君も、恋人の死を受け容れられなかった。だから、生きていることにしたかった。そして、この女を恋人の優希として受け容れてしまった。

そういえば、妹は幽霊に付きまとわれていると言っていた。思い込みの激しい妹だからと真剣に話を聞かなかった。

だが、その話は真実だった。ただ、付きまとっていたのは、幽霊ではなく、この女だったのだろう。

この女は、これからも妹の優希として生きて行くに違いない。

私の死体は、何処かの山中に埋められるのだろう。ラッキーと同じように。そして、あたかも生きているかのように、部屋は維持される。

全てがもう手遅れだ。

後悔の中、私の意識は闇に消えた――。

笛を吹く家

澤村伊智

三年前、子供が生まれました。男の子です。それからの日々は予想だにしなかったことの連続でとにかく慌ただしく、私達夫婦は戸惑い、疲れ果て、それでも楽しみながら、手探りで息子を育てました。ようやく自分達のペースが摑《つか》めて、心に落ち着きを取り戻せたのは、つい数ヵ月前のことです。

以下の物語は先日、夫婦と息子の三人で、近所を散歩した時の体験を元に創作したものです。

作者より

※　※

「修一《しゅういち》、ちょっと曲がってみてもいいかな」

「なんで？」

後ろに座った息子の修一が、唇を尖《とが》らせる。私は自転車を押しながら笑顔で答える。

「何となくだよ。あっちは人も少ないし」

「いいよ」

修一はぶっきらぼうに言った。傍らを歩く私の妻、由美《ゆみ》が驚きと安堵《あんど》の混じった笑みを浮かべる。私は自転車のハンドルを傾けて遊歩道から外れ、狭く短い坂を下って、住宅街に足を踏み入れた。散歩のコースを外れるのは初めてだった。

土曜の午前だった。

そよ風が心地よく、ぎらぎらと照りつける初夏の日差しも、アスファルトが放つ熱気も、決して苦ではない。見慣れない景色がむしろ楽しく感じられる。

由美はしきりに額や口元の汗を拭っているが、その表情は晴れやかだ。修一は建ち並ぶ家々をぼんやりと眺めていた。

誰もいない路地を気紛《きまぐ》れに折れながら進んでいると、修一が声を上げた。

「幽霊屋敷っ」

短い指が差す先に目を向け、

「本当だ」

私は思わずそう漏らした。

二階建ての一軒家が聳《そび》え立《た》っていた。屋敷、と呼べるほど大きくも、古式ゆかしくもなかった。それでも私は修一の言葉に納得していた。

その家だけが、暗闇に包まれていたからだ。暗く湿っぽい雰囲気が立《た》ち籠《こ》めている。いや――暗黒そのものを放っている。目を凝らせば煙か何かのように、目に見えるに違いない。そんな風に考えてしまうほど、その家だけが暗かった。

見慣れた住宅の形をしていない。四角い形状と窓の配列、そして大きな玄関ドアから連想したのは、「足のない郵便ポスト」だった。ポストをイメージしたのは色のせいもあるだろう。外壁には煉瓦《れんが》を模した赤い長方形のタイルが貼られていた。その隙間には緑色の苔《こけ》がみっしりと生えている。言葉の上ではクリスマスカラーだが、煉瓦の赤は色あせ、苔の緑は濁っているせいで華やかにも神聖にも見えなかった。ただただ薄汚く、不吉に感じられた。

「誰も住んでないのかしら」

由美が灰色の門柱を見ながら、おずおずと言った。ひび割れだらけの表札に「笛吹」と横書きされている。たしかこれで「うすい」と読むはずだ。高校二年の時の担任がそうだった。

「そうかもな」

私は答えた。

郵便受けからは元が何色かも分からない、ボロボロになったチラシが何枚も飛び出していた。

狭い駐車スペースに車はなく、大小の空っぽの植木鉢が、空間を埋め尽くすように並んでいた。全ての窓は閉ざされていたがカーテンはかかっておらず、中が真っ暗なのが分かる。

平らな屋根の上に、南国風の大きな植物の葉がのぞいていた。その手前にかすかに見える棒のようなものは、おそらく物干し竿《ざお》だ。屋上にバルコニーがあり、放置された鉢植えが今も育っているらしい。

自転車を押しながら周囲を歩き回り、近付いては離れ、離れては近付いて、私は修一の言う幽霊屋敷を観察した。当の修一も、由美も家を見上げている。

こんな家があったなんて知らなかった。

こんな風に見知らぬ家を、家族揃《そろ》って見上げるのも初めてだった。不作法だと呆《あき》れる自分と、止《や》められない自分がいる。

「すごいねえ修一」

仰《の》け反《ぞ》るようにして家を見ながら、由美が言った。

「うん。すごい」

「どこが？　どこがすごい？」

「うーん、ぜんぶ。なんか……吸い込まれそうになる。こんな家、見たことない」

「ね」

由美の顔が輝いた。普段は一言二言しか話さない修一が、一応は文章で喋《しゃべ》ったのが嬉《うれ》しいのだ。それも長々と。私も思わず口元を綻ばせていた。

息子の言葉が腑《ふ》に落ちてもいた。特に奇抜な外観ではない。だが目の前の戸建ては駐車スペースの植木鉢が異様と言えば異様だが、そこまで珍しい光景とも思えない。だが目の前の戸建ては不思議な力で私達を魅了している。今この瞬間も引き付け、引き寄せている。そうだ。遡《さかのぼ》ると、そもそも遊歩道を折れようと思ったのも、この家のせいかもしれない。予定外のことをすると機嫌を悪くする修一が、すんなり承諾したのも。そうだ、きっとそうに違いない。

納得がいった。

途端に足が竦《すく》んだ。動けなくなった。

家に見下ろされている――そんな気がした。もちろん屋上にも窓にも、それ以外にも人は見えない。だが視線を感じてしまう。汚れた赤と緑の、誰もいない、古い家が、家そのものが私を、私達をじっと、

「こんにちは」

場違いなほど朗らかな声が背後からして、私は飛び上がった。妻も小さな悲鳴を上げる。慌てて修一の様子を窺《うかが》ったが縮こまっているだけで、泣き叫ぶ気配はなかった。

「やっぱり澤野《さわの》さんでしたかあ」

この声には聞き覚えがある、と遅れて気付く。おそるおそる振り向くと、老いた制服警官が自転車から下りるところだった。小柄だが分厚い体軀《たいく》。四角くて皺《しわ》だらけの顔。白い歯を見せてこちらに笑いかける。

顔見知りの南《みなみ》巡査だった。

「びっくりしたあ」

由美が青い顔に引《ひ》き攣《つ》った笑みを浮かべる。白い自転車を押しながら、南がこちらに近付いてくる。

「申し訳ない。ちょっとね、ここに怪しい人がいるって聞いたもんですから。聞いて

たら、あ、これ澤野さんだなって分かったんですけど、確かめないって選択肢はないわけじゃないですか。街のお巡りさんとしてはね」

「ですね。お騒がせしてすみません」

私は詫《わ》びた。往来で会えば挨拶し、私達家族のことも気に掛けてくれる、殆《ほとん》ど唯一と言っていい人物だった。

「お散歩ですか」

「ええ」由美が答えた。「そしたら修一がこの家を見付けて、あの、失礼な話なんですけどわたしたちも、つい気になってその……」

「ああ、ええ、はい、なるほどね」

由美の弁解を遮るように、南が言った。訳知り顔で件《くだん》の家を見上げる。

「澤野さんはご存じでなかったんですか、この家」

「ええ。この辺を通るのは初めてでして」

「そうですかあ」

南は私達と家の間に割って入った。さりげなさを装ってはいたが不自然な移動で、小さな戸惑いが胸に広がる。

「まあ、じろじろ見られるのも、あんまり気分のいいものじゃないでしょう――もちろん、ご近所さんにとって、という意味ですけどね」

表情と仕草が「立ち去れ」と告げている。笑顔だが目は微塵《みじん》も笑っていない。

「修一くんも、分かってくれるかな」

カクッと音が聞こえそうなほど大袈裟《おおげさ》に、眉を八の字にして目を細める。修一は不満そうな顔をしていたが、やがて「うん」と小さく頷《うなず》いた。

「帰る」

修一が高らかに言った。「その方がいい。雲行きも何だか怪しいし」と南が空を見上げる。いつの間にか濃い灰色の雲が、空を覆っていた。

それで終わるはずだった。

代わり映えしない日常に不意に現れた、ほんの少しの変化。煎《せん》じ詰めればその程度の体験にすぎない。

にも拘《かか》わらず、私はあの家のことが気になっていた。

通勤中はもちろん、仕事中もふとあの赤と緑の外観を思い出すようになった。夜中に泣き出した修一を宥《なだ》め、寝かし付けている間に、頭の隅でぼんやり考えた。土曜の散歩でもふらりと立ち寄りたくなってしまう。気のせいかもしれないが修一も遊歩道を歩く間、あの家の方を気にしている風に見えた。

南巡査の作り物めいた笑顔も、あの行動も気になっていた。今思えば、まるで私達をあの家から遠ざけようとしているかのようだった。それ以上に、あの家を恐れているかのようにも見えた。穿《うが》った見方だ。考えすぎだ。そう分析し突っぱねることが、日に日に困難になっていった。

そんなある日のこと。

深夜に目が覚めてしまい、電気を点《つ》けずに台所で水を飲んでいると、由美が起きてきた。思い詰めた様子でこちらを窺い、囁《ささや》き声で言う。

「あの家のことなんだけど」

「なんだ。お前も気になるのか」

慌てて口を押さえ、二人揃って耳を澄ます。物音はしない。修一は目を覚ましてはいないらしい。

「……調べたの」

「調べた、って、どうやって」

「三谷《みたに》さん。ほら、修一が生まれてすぐの頃、仲良くしてた」

「ああ、ママ友だな。でも知り合ったのは病院で、ご近所さんじゃないよな。都心の方じゃなかったか？」

おぼろげな記憶を頼りに問いかけると、

「そうなんだけど、三谷さん、この手の話が好きだったの。ちょっとしたマニアね。だから連絡取ってみたんだけど」

「うん」

「思い出話が盛り上がって、長電話になっちゃったんだけど」

「うん」

「やっぱりそういう家みたい。そういう、ええと」

「事故物件」

「そう。あくまで噂《うわさ》だよって三谷さん言ってたけど、あの家ね、三十年ちょっと前、若い夫婦が住んでたんですって。笛吹夫婦。事業で成功して家を建てて、それから子供もできて。とても幸せに暮らしてたんだけど……」

私が黙って先を促すと、由美は更に声を潜めて言った。

「お子さんがね、家で死んだそうよ。まだ二歳だったんだって」

「死んだ？」

「うん。事故。ふざけて洗濯機のボタン押して、自分で入って蓋閉めちゃって、そのまま水が……っていう。そんなこともあるんだ、って思うけど、その頃って今ほど安全設計じゃなかったでしょ」

「ああ」

胸を痛めながら想像していた。溺死だけはしたくないものだが、洗濯機の中で死ぬのは尚《なお》のこと嫌だ。凄《すさ》まじい力で回転させられる苦痛。あの狭さから来る閉塞感。そしてありふれた家電の中で死を迎える、滑稽《こっけい》さと裏表の不条理。小中学校の頃、プールの排水口に吸い込まれて死ぬことを妄想し、布団の中で怯《おび》えたものだが、洗濯機内での溺死はその次くらいに嫌で恐ろしい。

「それでね」妻は話を続けていた。「そのショックで奥さんが自殺しちゃったの。台所で……熱い油をね、鍋で、あ、頭から」

「うん」

私は頷いて、最後まで言わせないようにした。妻が言おうとした言葉を考えないようにした。それでも頭は勝手に想像してしまう。うっかり台所の奥、コンロの方を見てしまう。使い終えた油の、独特の匂いを嗅いだ気がした。

「旦那さんはお風呂で手首を切ったの。発見された時は腐敗が進んでて……」

「うん、分かったよ由美」

私は再び遮った。

また考えてしまっていた。今度はより克明に、隅々まで。

脱衣所の古い洗濯機。

汚れた台所。

カビの生えた浴室。

そして――

私は大きく息を継いで、頭に浮かんだ光景を振り払った。

「それで一家全滅。買い手が付かなくてそのまま放置されてる、ってことか」

「さっきも言ったけど、あくまで噂よ」

「悲しい話だけど、まあその、何というか普通だな。作り話っぽくもある」

「そう、かなあ」

「うん。そうだよ」

私は殊更に明るく断言した。そうだ。そうに決まっている。

「きっとあの家に誰も住まなくなってから、近所の人や通りすがりの人が後付けで捏《ねつ》造《ぞう》した作り話だよ。人間は理由付けしたがるものさ。それも異様でドラマチックな理由をね。単なる夜逃げじゃ面白くないんだ。普通だから」

自分で言って自分で納得する。

「だから由美も、気にしない方がいいよ」

「でも三谷さん……」

「教えてくれた人に悪いから信用しようなんて、おかしな話さ。この手の怪談話なら尚更ね」

優しく、穏やかに、同時にきっぱりと言い切る。心が軽くなるのが分かった。そうだ。こんな話は嘘《うそ》だ。あの家のことも気にしない方がいい。

だが、由美は納得しかねる様子だった。黙って足元の古いキッチンマットを見つめていた。

「……違うの」

「え？」

「わたしもね、あなたの言うとおりだと思うの。三谷さんから聞いたのがそれで全部だったらね。でも違うの。この話にはね、続きがあるの」

由美は私を見つめた。真剣で、悲しみを湛《たた》えた目に私はひるんでしまう。

「何だい」

私は訊《たず》ねた。彼女はスウ、と小さく深呼吸し、口を開いた。

「それからあの家の周りで、こ——」

がちゃ、と廊下の向こうでドアの開く音がした。苛立《いらだ》たしげな足音が近付く。

修一がリビングに現れた。肩を寄せ合って見つめていると、修一はぼそりと呟《つぶや》いた。

「ハンバーグ」

「え?」

「ハンバーグ、食べたい」

「も、もうこんな時間よ。明日の晩に作ってあげるから——」

「ハンバーグ!」

修一が喚《わめ》いた。ダイニングテーブルを激しく殴り付け、ティッシュペーパーを撒《ま》き散《ち》らす。

「ごめんね、修……」

落ち着かせようとした由美に、修一は猛然と殴りかかった。

「ハンバーグ! ハンバーグ! わあああああ!」

何度も母親の腕や腹を叩《たた》き、勢い余って床に転がり、手足を振って泣き喚く。

時折こうなる。寝ぼけているだけで大人しく引き下がってくれることもあるが、今回は違ったようだ。こうなってしまっては手が付けられない。言うことを聞いてやる以外に、対処法はない。

由美が痛みに顔を歪《ゆが》めて、

「ごめんね、すぐ作るね、だから泣かないで」

と言って台所の電気を点けた。私は振り回す手足が当たらないように避《よ》けながら、息子を宥めた。

ハンバーグを食べ終わった修一がリビングのソファで眠り込んだのは、朝の七時だった。ソースを口周りに付けたまま寝息を立てる息子を確認して、私は家を出た。

それから一ヵ月ほどは何もなかった。

平日は会社で仕事をし、酒席には出ず真っ直ぐ帰って、家族と過ごす。土曜日は雨天でない限り、午前中に由美と修一と三人で散歩に出て、日曜日は天気に拘わらず家にいる。

同じだ。あの家を知る前と同じ、代わり映えこそしないが平和で、穏やかな日々だった。

綻《ほころ》びが生じたのは、ある平日の夕方のことだった。

仕事が予想外に早く片付いたので、退勤させてもらうことにした。会社のエントランスを出たのが午後三時。我が家のあるマンションの、エントランスをくぐったのは四時過ぎだった。由美に連絡は入れなかった。黙って帰って驚かれることはあっても、迷惑がられることはないだろう。

「ただいま」

玄関ドアを開けたが、返事はなかった。

「由美」

靴を脱ぎながら呼んだ。

「修一」

こちらも応答はない。二人とも昼寝をしているのかもしれない。何気なく修一の部屋に目を向けると、ドアが開け放たれていた。

中に息子の姿はなかった。となるとリビングか、和室か。

手洗いうがいを済ませてリビングに行くと、薄暗い中、由美がソファに座ったまま眠っていた。身体を背もたれに預け、完全に弛緩《しかん》している。安らかな表情で、スウスウと寝息を立てている。

こんなにリラックスした由美を見るのは久々で、私は思わず彼女の顔に見蕩《みと》れていた。最初はリビングのど真ん中で彼女を見下ろし、次いですぐ傍らにしゃがみ込み、まじまじと見つめた。

出会った頃より皺が増えた。ただ時が経ったせいではない。苦労をかけたからだ。私は同じ世代の男性よりは育児に取り組んだつもりだが、それでも由美に比べれば些《さ》細《さい》なものだ。現に今も平日昼間は任せっきりになっている。愚痴の一つも零《こぼ》さないが、きっと心身ともに限界に近いのだろう。

であれば寝かせておこう。

修一が起きてきたら、私が面倒を見ればいい。ところであいつは何処《どこ》に——

見回しても修一の姿はなかった。

和室の襖《ふすま》をそっと開けたが、やはりいない。風呂にも、トイレにも。物置にも。ベランダにも。

まさかと思って玄関を確かめると、修一の靴がなかった。

胸が激しく鳴った。

「ゆ、由美！」

気遣ってはいられず、大慌てでリビングへと走る。乱暴に肩を揺すると、彼女は眠たげな目を擦《こす》った。

「あら……もうそんな時間？」

「そんなことはいい。修一は？　修一はどうした？」

「しゅういち……」

寝起きで朦朧《もうろう》としている。

「だから修一だよ。一人で外に行ったのか？　靴がないぞ！」

「え？」

「一人で外に出たら危ないだろ！」

「ああ」

彼女の目にふっと、明瞭な理性の光りが灯《とも》った。うっすらと微笑を浮かべる。

「大丈夫よ。見てもらってるから」

「な、何？」

「人に預けてるの」

「馬鹿言うな」

私は場違いな苦笑を漏らした。

「今になって預かってくれる人なんて、見つかるわけがない。ずっと駄目だったじゃないか。たまに親切で見てくれる人が現れても、全然馴染《なじ》めなくてすぐ――」

「だから、今回は大丈夫だったの」

うらん、と伸びをすると、由美はソファから立ち上がった。壁の時計を見上げて、

「そろそろね」とつぶやく。

「迎えに行ってくる。一人で大丈夫よ」

和室の鏡台を開き、髪を整える。

「しかし」

「そういえばあなた、今日は早かったのね」

「え？　ああ、仕事が早く済んだから」

「そうなんだ。あ、自転車借りるね」

由美は私に笑いかけた。てきぱきと身支度を済ませて家を出る。不自然なところは一切なく、落ち着き払い、堂々としていた。その態度に圧倒された私は、彼女を見送ることしかできなかった。

修一を連れて彼女が戻ってきたのは、三十分後のことだった。修一は大人しく素直で、夕食を食べるなり寝入ってしまった。

「どこって、友達のところ。幼馴染《おさななじ》みって言ったほうがいいのかな。最近こっちに越

して来たんだって。お買い物してたらばったり会って、ほんとにびっくりしたわ」

私の質問に、彼女はすんなりと答えた。

週に一度か二度、由美は修一を幼馴染みに預けるようになった。預けている間は家でのんびり休息を取るか、軽く出かけたりしているという。

幼馴染みの名前は佐藤《さとう》さん——旧姓井口《いぐち》さんという同い年の女性で、近所の戸建てに旦那と二人で暮らしているらしい。昼間はずっと家にいて退屈で、修一を預かるくらいは余裕だから、と先方から提案があったそうだ。報酬の類《たぐい》は一切受け取らない、と先に釘《くぎ》を刺されたとも言う。

嘘臭い。

説明を聞いた私は思った。あまりに都合が好すぎる。由美の説明もやけに饒舌《じょうぜつ》に感じられた。そんな幼馴染みがいたなんて、今まで聞いたことがない。

だが、私は問い詰めはしなかった。疑念や違和感を提示することも止めた。

ソファですやすやと、気持ちよさそうに午睡する妻の姿が脳裏をよぎったからだ。

どうやら上手《うま》くいっているらしい。いや、「らしい」ではなく、事実として上手くいっている。由美はもちろんだが修一も。あいつは夜に泣き喚くことも、私達の態度や言葉に機嫌を損ねたりすることも減った。確実に育てやすく、養いやすくなっていた。であれば妙な詮索はしない方がいいだろう。

私はそう考えることにした。考え続けることにした。不意の早帰りから三ヵ月と少しの間は。

半袖では肌寒さを感じるようになった、土曜の昼過ぎのことだった。

散歩から帰り、妻が作った昼食を食べた私は、リビングでテレビを見ていた。と、思った時にはテレビが消えていた。

疲れてうたた寝をしていたらしい、と頭を働かせる。手元にリモコンがないところを見ると、テレビを消したのは由美だ。タオルケットを掛けてくれたのも。時刻は午後三時過ぎ。

思考を巡らせていると、廊下で気配がした。次いで声がした。

「さあ、修一」

「うん」

玄関ドアが開く音がして、室内の気圧が僅かに変わるのが感じられた。靴を突っかける音がし、ドアが閉まり、静寂が立ち籠める。

体感で一分ほど待ってから、私は起き上がった。小走りで玄関に向かう。

自転車の鍵が見当たらなかった。定位置である靴箱の上にも、それ以外のうっかり置きそうな場所にもなかった。

思い立ってベランダから見下ろすと、豆粒ほどの小さな由美が見えた。自転車を漕《こ》いでいる。後ろに修一を乗せている。遊歩道を、いつもの散歩のコースを走っている。

「おい、由美！」

大声で呼んだが、届かなかったらしい。

由美は風に揺れる並木に隠れ、見えなくなった。散歩していた時は快晴だったのに、今は降り出しそうなほどの曇天《どんてん》になっている。

二人はどこに向かったのか。疑問はすぐさま推測に変わり、確信へと至る。根拠らしい根拠は殆どないが、そうだとしか思えなかった。

私は大急ぎで家を飛び出した。

息を切らして目的地に到着すると、門の脇に自転車が停《と》めてあった。どこからどう見ても間違いなく、私の使っているものだった。

例の家が私を見下ろしていた。

私は声もなく家を見上げていた。

冷や汗がシャツの下、背中を後から後から伝っていた。

しばらくして、音もなく玄関ドアが開いた。

中から現れたのは、由美だった。忍び足で門を出て、自転車に手を掛けたところで周囲を見回し、そこでようやく私に気付く。

彼女は驚きこそしたが、慌ても取り乱しもしなかった。まるで重い荷物を下ろした直後のような、安堵の表情が顔に広がっている。

私が黙って見つめていると、彼女は自転車を押し、私のすぐ近くで立ち止まった。

「見当は、付いてたでしょ」

「ああ」

私は答えた。

「でも理由は分からない。由美、どうして――」

「三谷さんが教えてくれた噂にはね、続きがあるの」

由美は話し始めた。

「この家に誰も住まなくなって、しばらくしてからね。周りの家で、子供が行方不明になる事件が相次いだっていうの。家の前の路地で遊んでたらいつの間にか、とか。

部屋で勉強してたのに、とか。生まれたばっかりの赤ちゃんが、ふと目を離した隙にベビーベッドから消えたりしたそうよ」

私は黙っていた。

「そのうちね、この家が怪しいってみんな言い出したの。いなくなった子供が、その直前に中に入っていくのを見たって人も出てきた。この家はね——子供をどこかへ連れて行ってしまうの。ハーメルンの笛吹き男みたいに」

「馬鹿馬鹿しい」

私は斬り捨てた。

「単なるこじつけと連想ゲームじゃないか。要は廃屋と、笛吹って苗字《みようじ》と、子供の失踪事件を安易に結び付けただけだ。それにお前、最初の笛吹家の事故死と自殺はどうなったんだよ。前後がまるで繋《つな》がってないぞ。そんな出来の悪い作り話を真に受けて、由美、お前」

「実際に子供はいなくなってるの」

由美はハンドルを握り締めた。唇が青ざめ、震えている。

「一九九八年に小学四年の女の子が、翌年には四歳の男の子が、二〇〇四年には生後一ヵ月の赤ちゃんが、市内で失踪してる。未だに見つかってない。わたしがネットで見付けたのはこの三人だけだけど、もっとちゃんと調べたら——」

「ネットか。市内か」

私は殊更に呆れてみせた。どちらも全く根拠たり得ない。やはり由美はまともな思考ができなくなっているのだ。妄執《もうしゅう》に取り付かれているのだ。

「でもねあなた、修一は最初から魅せられてたわ。散歩のコースを逸《そ》れても拒まなかった。ドアだって開いた」

由美は笑った。

目に涙が光った。

「中でも大人しくしてる。家より落ち着くみたい。蜘蛛《くも》の巣がはって、変な染みがあちこち付いてるけど、あの子は嫌がりもしないの。迎えに行ったらブツブツ呟いてることもあるわ。だれかと喋ってるみたいに」

「…………」

「きっと呼ばれたのよ。今も呼ばれ続けてるのよ。噂は本当なの。だから」

「やめろ」

由美が何を言うのかが分かって、私は窘《たしな》めた。

「それ以上は喋るな。修一が中にいるんだな？　今すぐ連れて出てこい」

「試してみようって思ったの。今は途中よ。上手くいくかもしれない」

「お前がやらないなら私がやる」

足を踏み出した途端、由美に通せんぼされる。自転車が音を立てて倒れた。

風が屋上の葉をバサバサと鳴らした。

「……ね、邪魔しないで。もうすこしで、修一はいなくなるかもしれない」

「それ以上言うな」

「もう限界よ。いつまでこんな生活、続けたらいいの？」

「言うな」

「死ぬまでこのまま修一に」

「黙れ！」

私は怒鳴った。妻の両腕を摑み、憤然と睨《にら》み付《つ》ける。

出鱈目《でたらめ》だ。

子供を攫《さら》う家などあるものか。そんな非科学的なものが存在するはずがない。

よしんば実在するとしても。

そんな家があったとしても。

それがまさに目の前の、かつて笛吹邸だった廃屋だとしても——

「修、、一は三、、十、、七、、歳、、だぞ。もう中年だ。おっさんなんだ。連れて行ってくれるわけがないだろっ」

絞り出すように言う。

由美は私を見上げながら、ぽろぽろと大粒の涙を零した。

「う、う……どうして、どうして……」

私の胸に顔を押し付け、啜《すす》り泣《な》きながら繰り返す。

どうしてだろう。どうしてこんなことになってしまったのだろう。

嫌がり暴れる修一が怖くなって、病院に連れて行くことを断念したせいだろうか。

どのアルバイトも長続きせず、やがて部屋に籠もるようになった修一に、ちゃんと向き合わなかったせいだろうか。

卒業ぎりぎりに内定をくれた会社を一ヵ月で退職した修一と、しっかり話し合わなかったからだろうか。

志望する大学に合格できなかった修一に、浪人という選択肢を許さなかったせいだろうか。或《ある》いはもっと以前に原因があるのかもしれない。

いずれにせよ、私達夫婦は修一を独り立ちさせることができなかった。おかしくなった息子を、ずっと家に置いて養っていた。子供のように。幼児のように。

いつしかそれが日常になっていた。私も由美も六十歳を超えていた。

誰かに助けを求めることをしなくなった。手を差し伸べてくれる人もいなくなった。どちらが原因でどちらが結果なのか、今となっては分からない。近所の人々は非難こそしないが受け入れることもなく、私達から距離を置いている。

「いいでしょ、これくらい。じ、実際に手にかけるわけじゃないんだから……あの元農水省の人みたいになったら、最悪でしょ。それか修一が登戸《のぼりと》の通り魔みたいになったら」

由美が嗚咽《おえつ》の合間に話していた。

「今がまともだと思うの？　おかしいと思わない？　わたしが殴られても止めないくせに、公道の二人乗りを止める方が大事？　大事なのよね、あなたにとっては人目の方が気になるのよね。だから大声で呼んだんでしょ。ちゃんと聞こえてたわ……」

私は黙って聞いていた。妻の言うとおりだった。ベランダから由美と修一が自転車に乗っているのを見た時、私が真っ先に気にしたのは二人乗りのことだった。いつも修一を後ろに乗せて、自分は押している。由美もそうするべきだ。根本的にどうにかしなければならない点を幾つも無視して、私はそんな些末《さまつ》なことを――

「ほんとに解放されたの、あの子をここに預けてる時だけは……それにね、今度見に行った時には消えてる、こ、今度こそいなくなってるって……」

話し終わっても彼女は泣いていた。私は彼女が落ち着くのを待った。

風が草木を鳴らす。人通りは全くなく、人の気配や足音すらない。虚《うつ》ろで乾いた空気が周囲に漂っていた。建ち並んだ家々はどれも書き割りか、ドールハウスのように見えた。ドールハウスのように見えた。笛吹邸だった廃屋だけが、重々しい存在感を放っていた。

妻のしゃくり上げる声が小さくなった頃、私は言った。

「修一を見てくる」

由美は小さく頷いて、身体を離した。

門をくぐり、数歩歩いてドアの取っ手を摑む。べたりと手に張り付くような感触がするのは、先入観のせいだろうか。迷いが生じる前に一気に引く。

暗闇が口を開けた。

汚れた三和土《たたき》と、玄関マットが見えた。入ってゆっくりとドアを閉める。

一面に埃《ほこり》が舞っている。ドアの上、明かり取りの窓から入る光で、屋内がぼんやりと照らされている。息子の姿はない。小柄だが肥満で、長髪で無精髭《ぶしようひげ》で、顔立ちは未成熟で、表情は曖昧で、いつもジャージの息子、修一の姿は見えない。

「修一」

私は呼んだ。しばらく待ってみたが、返事はなかった。

靴のまま廊下に足を踏み入れる。耳を澄ますが聞こえるのは静寂ばかりだ。すぐ目の前を蜘蛛の糸が掠《かす》め、咄嗟《とっさ》に顔を背ける。

奥にいるのだろうか。あるいは二階にいるのだろうか。

「修一」

私は再び呼んだ。

沈黙に耳を澄まし、再び息子の姿を想像する。

これまでいなくなったという、子供達のことを思い描く。

彼ら彼女らの全てが望まれ、愛された子供だろうか。

帰って来てほしい存在だろうか。

一人や二人は違ったかもしれない。ひょっとすると大多数がそうかもしれない。

要らない子供を連れて行ってくれる家。

そうだったら。

そうであって、い、い、いいや、そうであってくれれば。

「修一」

答えが返ってこなければいい、姿もこのまま見えなければいい。

お願いだ。

息子を連れて行ってくれ。

埃が踊る暗い廊下に佇《たたず》み、いつしか私は祈っていた。

牢家

黒木あるじ

【一九五×年九月二十六日付　出羽路《でわじ》新聞】

××郡××村大字仁江《にえ》で多数の住民が行方不明となっている事件について、山形県警は昨日で捜索を打ちきった。捜査員二十名以上を動員し一週間にわたり捜索したが、手がかりとなるものは発見できず、残る住民にも事情を聞いたものの有力な情報は得られなかった。そのため、これ以上の進展はないとの判断からやむなく捜索を断念することとなった。同地区では明治期、「神隠し」が定期的にあったとの記録があり、県警では今回の事件との関連を調べている。

【一九×五年三月二十日付　山形日報】

山形県[redacted]仁江の住宅で六十代の夫婦が殺害された事件は、十九日で発生から一週間を迎えた。警察は重要参考人として夫婦の長男（二十八）から事情を聞いているが、精神的に不安定な状態が続いており捜査は難航している。関係者によれば、長男は鍵つきの部屋に長らく幽閉されており、事件当日もこの部屋から出た形跡はなかったという。そのため県警は当初予定していた逮捕状を請求せず、起訴も見送る可能性が高い。夫婦は、いずれも身体の数十ヵ所を嚙《か》みちぎられた状態で発見されており、県警は手口の残忍さから組織的な犯行も視野に入れ、捜査を続けている。

【二〇×一年三月十日付　みちのくデイリー】

山形県[redacted]村の仁江地区で先月十六日に発見された男性ふたりの遺体は、県内在住の塗装工[redacted]さん（十九）、おなじく県内在住の無職[redacted]さん（二十）と判明した。また、現場では先月はじめから行方がわからなくなっていた県内在住の二十代女性が、廃屋の一室に監禁された状態で発見されている。山形署は女性が事件に関与していると見て、体調が回復ししだい事情を聞くことにしているが、現在のところ目処《めど》は立っていない。この家では、過去にも六十代の夫婦が殺害される事件が起きており、署では関連がないかを調べている。

「なるほど……この三つの事件は、おなじ地区で起こっているわけですか」

新聞記事のコピーを読み終え、木《き》藤裕次《とうゆうじ》が顔をあげて口を開く。俺は「ええ」と手短かに答えた。もっと愛想よく返事をすべきなのだろうが、あまりの悪路でそれも儘《まま》ならない。うっかりするとハンドルを取られ、崖下に転落しかねない。

　車は郊外を抜け、すでに山道を二十分以上走っていた。アスファルトはとうに失《う》せ、砂利に刻まれた轍《わだち》が車体を上下に揺らしている。舌を嚙まないよう注意しながら、俺は助手席の木藤に向かって言葉を続けた。

「どの事件も、たまたま発生前後に全国的な事件や災害が起こったせいで、ほとんど注目されなかったようですけど」

「大衆は移り気だから、センセーショナルな話題に飛びつくんですよね。とはいえ、三つともタイミングよく騒がれなかったってのは、なんだかちょっと怖いなあ」

　そう言うと、木藤は芝居がかった仕草で肩をすくめた。軽やかな口調の所為《せい》か、まるで怖がっているようには見えない。唇から覗《のぞ》く白い歯がゴルフ焼けの肌にいっそう映えている。短くそろえた流行《はや》りの髪型、小洒落《こじゃれ》たポロシャツの上からでもわかる引きしまった肉体。全身からみなぎる若々しさは、とても俺とおなじ年齢とは思えなかった。

「つまり……いちばん古い事件は大量失踪、二番目は幽閉された息子による親殺し。そして、三番目は空き家に女性を連れこみ暴行しようとした若者が誰かに殺された……と、考えて良いのかな」

「そういうことでしょうね。もっとも、どの事件も被疑者不詳のまま迷宮入りしてますけど」

「良いですねえ。未解決事件ってのは人気コンテンツなんですよ。こりゃ、今日は期待できそうだ」

不謹慎に興奮する木藤にうんざりしながら、ハンドルを握りなおす。

俺たちふたりはいま、一軒の民家へ向かっていた。県北の山あい、すでに廃村となった集落にあるその家では、かつて複数の殺人事件が発生している。数年前に「呪いの凶宅！」なる煽《あお》り気味の見出しでメディアに紹介されたのが契機となり、近年では心霊スポットとしてたびたび若者が訪れているのだという。そんな禍々《まがまが》しい怪しげな廃屋に、俺と木藤はこれから侵入する予定なのだ。

きっかけは、妻の美幸《みゆき》が口にした「知人の案内をお願いしたいんだけど」というひとことだった。彼女によれば、その知人――木藤裕次は都内の広告代理店に勤めたのち、現在は東北へ移住して観光コンサルティングだかプロデュースだかを手がけている人物らしい。

「スポーツマンなのにホラーやオカルトにも詳しいのよ。木藤さんと親しくなれば、あなたの仕事の幅も広がるでしょ」

を、俺は痛いほど自覚していた。

一見すると前向きな提言。だが、暗に「もっと稼げ」と苦言を呈されていること

俺の名刺には〈フリーライター〉の肩書が印刷されている。数年前、自作の小説が地方文学賞に選ばれたのをきっかけに勤めていた映像スタジオを退職、文筆一本で食っていこうと決意した。なにかしら青写真があったわけではない。残業続きの毎日から逃げるかのごとく、安易に皮算用をはじいただけの話である。当然ながら生活はすぐに困窮した。その後に投稿した文学賞はのきなみ落選、ならばライターで稼ごうと路線を変更したものの、東北の地方都市では執筆依頼など数えるほどしかない。おかげで現在はフリーペーパーに載せるデタラメな占いと、タウン誌で連載している広告まがいのグルメ記事、知人からまわってくるゴーストライターの仕事で糊口《ここう》をしのいでいる。

そんな現状に対し、美幸は最近とみに苛立《いらだ》っていた。結婚して七年、幸か不幸か子供に恵まれなかったおかげでなんとか生活できているが、このままでは早晩それすら怪しくなる。ここで美幸の提案を無下《むげ》に断れば、別れ話に発展しかねない。

そんなわけで、俺はしぶしぶ木藤の運転手役を引き受けたのだが——正直に言うならば、気分は最悪だった。

四十分ほど前――木藤は助手席に乗りこむなり初対面の挨拶もそこそこに「最近はお化け屋敷がブームでしょ。あれ、実は僕が仕掛け人なんです」と馴《な》れ馴《な》れしく言いはなった。

「ま、業界の仲間にパクられちゃったんですけど。だから今度は地域おこしにホラーを利用できないかと思ってね。それで、いろんな心霊スポットや都市伝説をチェックしていたら〈牢家《ろうや》〉に行きついたってわけです。これからの地方創生は、こういう地産地消がキーワードになるんですよ。ドル箱です」

それからつい先ほどまで延々三十分、木藤は真偽も定かではない自画自賛を喋《しゃべ》りたおしていた。そのいかにも業界然とした物言いに半ばうんざりしつつも、俺の頭にはひとつの単語がこびりついていた。

〈牢家〉――。

どういう意味なのかと目線で問う俺を見て、木藤が得意げに微笑《ほほえ》む。

「ネットの噂《うわさ》によれば、その家には座敷牢が残っているんだそうです。それで、ついたあだ名が〈牢家〉。眉唾だと思っていたんですが、潜入した廃墟《はいきょ》マニアのブログによれば、どうやら本当にあるらしいんですよ」

どれもこれも受け売りか――嘆息を堪え、俺は努めて明るい声で訊《たず》ねた。

「しかし……ネットの情報なんでしょ。座敷牢なんて江戸時代みたいな代物が残っているなんて、なんか信じられないな」

木藤がこちらを一瞥《いちべつ》し「ああ、ご存知《ぞんじ》ないですか」と鼻を鳴らす。

「日本には、座敷牢が昭和二十年代まで存在したんですよ」

内心で歯噛《はが》みしながら「すいません、不勉強で」と答えた。赤っ恥を掻《か》いたのはこちらの責任だが、いちいち言い方が癇《かん》に障る。思わずアクセルを強めに踏んだ。

「正式には私宅監置といいまして、精神的な疾患を持った家族を病院に入れず、自宅で療養させる制度です。もっとも療養とは名ばかり、実際は檻《おり》のついた離れや物置小屋に幽閉するんですがね。たぶん今回の〈牢家〉もその類ではないかと思うんですが……もし〈そっち方面〉だとしたら地域おこしには使いにくいかなあ。そのときにはオカルト系の雑誌にでも売るか」

算盤《そろばん》をはじく横顔を呆《あき》れ半分で眺めていると、ふいに木藤がこちらを向いた。

「……で、ほかにこの近隣で使えそうなネタはありませんかね」

いきなり訊ねられ、しどろもどろで返事をする。

「そ、そういえば仁江地区には座敷わらしの伝承があるみたいです。なんでも、この地区の座敷わらしは人の声を真似《まね》て〝家に入れろ〟と迫るんだとか。でも、化け物だか神様だか知りませんが、ずいぶんまどろっこしいですよね」

数日前に図書館で仕入れた付け焼き刃の知識を披露する。最後の軽口を無視して、木藤が「なるほどね」と肯《うなず》いた。

「ある種の物の怪《もののけ》は、招かれないと家に入れないんですよ。たとえばヨーロッパでは吸血鬼がその属性を持っているし、韓国の萇山虎《チャンサンボム》という虎の妖怪は人の声を真似て人を喰《く》おうとするらしい。でも、座敷わらしにそういう要素はないはずだから、なにかと混同したのかなあ」

へえ——と素直に感心するのもなんだか腹立たしく、俺は必死で抗弁をこころみる。

「意味がわかりませんね。家なんて、普通にドアを開けて入れば良いじゃないですか」

「家というのは結界なんですよ。外界と遮断された空間ですから、化け物でさえ容易には入れない。なにが起こってもおかしくない。だから、怖いんです。恐ろしいんです」

「なにが起こっても、おかしくない……」

「ええ。家のなかの常識は外の非常識です。〈牢家〉も一緒、常識は通用しません。

つまり、座敷牢に閉じこめられていたのが座敷わらしという可能性だって捨てきれない。村人も老夫婦も若者も、幽閉された座敷わらしの呪いによって殺された……うん、これは良いネタになる。牢という漢字には〈生贄《いけにえ》〉という意味もありますからね」

語られる出まかせを適当に聞き流していると、突然木藤が「ともかくッ」と叫んだ。

大声に驚いてブレーキを踏む。砂利にハンドルを取られて車が斜めに止まるなり、木藤がフロントガラスの前方を指した。視線の先には、道を遮るようにロープがぴんと張られていた。

「家の結界よりも、まずはあの結界を外さないと」

指示こそ出したものの、木藤が車外へ出る気配はない。これも〈案内〉の一環ということか。気づかれぬよう小さく舌打ちをして、運転席のドアを開ける。

ロープは久しくほどかれていないようで、すっかり結び目がこわばっていた。頑丈ないましめに悪戦苦闘するうち、このまま帰りたい欲求がむくむくと鎌首をもたげる。

まだだ——まだ、俺は帰るわけにはいかない。

〈牢家〉へ行って〈目的〉を果たさなくてはいけない。

爪がロープの隙間に食いこみ、ようやく結び目が緩む。ほっと息を吐いた途端、

「おい、あんた」

いきなり声をかけられ、飛びあがりそうになった。

振りかえると、作業服姿の老人が背後に立っている。顔立ちや姿勢から察するに七十代前半といったところだろうが、その声は覇気とも怒気ともつかぬ猛々《たけだけ》しさに満ちていた。

「あ、どうも……こちらの住民の方ですか」

老人は、挨拶する俺を頭から爪先までじろじろと睨《ね》めつけてから、

「もともとは仁江の生まれ育ちだがね、いまは月に一、二度、街から様子を見にきているんだわ。ときたま、あんたらみたいな無法者が荒らしに来るからな」

「いや、私たちはそんな」

「で、なんの用だ」

言葉尻が質問で潰される。疑惑の目を向けられているのは火を見るよりあきらか、正直に告白すれば水でもかけられそうな勢いだった。

「実は、その、地域の伝承を調査していまして。それで、座敷わらしの話がこちらに

伝わっていると聞いたものですから……」

　とっさに思いついた出まかせを口にする。けれども、老人は再び俺の言葉を途中で遮り「そんなもんは聞いたことがないな」と、会話を一方的に終わらせた。

「本当はなにをしにきたか知らんがね。とにかく、仁江はあんたらが思うような場所じゃないよ。この先で迂回《うかい》して山を下りるんだな。なるべく早く」

　最後のひとことに力をこめて言い切ると、老人は踵《きびす》を返して去っていった。

　背中が見えなくなるのをたしかめてから、俺は一気にロープをほどいて駆け足で運転席へ戻った。木藤は呑気《のんき》な顔でダッシュボードに足を乗せている。

「すごいね、ホラー映画お決まりの展開だ」

「そう……なんですか」

「山奥の家を訪ねようとした主人公たちに、地元の老人が警告する……『死霊のはらわた』そのままでしょう。ご存知ないですか」

　ご存知なかったが、その口調が癪《しゃく》にさわって俺は「はい」とも「いいえ」とも答えなかった。

「面白い展開だけど、変な騒動になるのは困るなあ。最近はコンプライアンスもうるさいし、僕も社会的な立場があるからさ」

木藤が眉間に皺《しわ》を寄せる。誰の頼みでここまで来たと思っているんだ——喉まで出かかった科白《せりふ》をぐっと堪え、愛想笑いを懸命に浮かべる。

「大丈夫ですよ、あのお爺《じい》さんだって正式に管理を任されてるわけじゃないでしょうから。さっさと家を訪ねて、目的を済ませましょう」

返事を待たず、俺はエンジンキーをまわした。

そう、まだ帰れない。〈目的〉を果たすまでは。

〈牢家〉はすぐに判明した。というよりも、ほかの家屋はみな朽ち果て、その家以外はすでに形を成していなかった。

とりたてて珍しいところもない、田舎にありがちな大きめの平屋である。トタン葺《ぶ》きの屋根は長らく雨風に晒されて、雨樋《あまどい》は傾《かし》いで地面を向いている。縁側の割れたガラスからは色褪《いろあ》せたカーテンがはみだし、風を受けてばさばさ揺れている。玄関の磨《す》りガラスがつい最近磨かれたように艶々しており、それが妙に薄気味悪かった。

木藤に促され、落ち葉とゴミだらけの庭をそろそろと進む。枯れ木ばかりの庭にあって、片隅に植えられた南天の木だけが赤々とした実をつけている。

玄関の前で木藤が立ち止まり「じゃ、お願いします」と、俺に先陣を譲った。不法侵入の主犯になりたくないという思惑が透けてみえる。身勝手さにむっとしたものの、ここで揉《も》めても埒《らち》があかない。

腹立ちまぎれに手をかけると、戸はあっさり開いた。

外観の穏やかさに反し、室内はひどいありさまだった。

床には古雑誌や菓子の空き袋が散乱し、壁は赤や黒のスプレーによる落書きでいちめん埋めつくされている。

これはもはや家じゃない。屍体《したい》だ。

何人もの血を吸って腐った、家の屍《しかばね》だ。

鳥肌が腕を走る。その直後、先を歩いていた木藤が「うわっ」と叫んだ。慌てて土足のまま三和土《たたき》をあがり、廊下を早足で進む。

「……なんだ、これ」

湿気で黒く腐った畳敷きの和室。その向こうに、木製の檻があった。柱ほどもある格子が縦横に組まれ、板間の部屋を塞いでいる。

「これが……例の座敷牢か」

畳を踏み抜かないよう注意しながら和室を横断し、おそるおそる格子へと近づく。

奇妙な空間だった。

八畳ほどの板の間にも格子にも、埃《ほこり》ひとつ積もっていない。すべてが灰色に燻んだなかで、格子に囲まれたそこだけが瑞々《みずみず》しかった。すっかり死んだ家のなかで、この部屋だけが呼吸を続けていた。

「これは……ちょっと変だな」

格子戸の閂《かんぬき》を開けながら木藤が呟《つぶや》く。

「変って、なにがですか」

「ほら」

俺の問いに、木藤が格子の向こう側を指した。

「あ」

八畳間の反対側に、おなじような格子が設置されている。よく見れば左右の壁にも同様の木枠《きわく》が嵌《は》めこまれていた。つまり、四方すべてが格子になっているのだ。

啞然《あぜん》とする俺を置き去りに、木藤が腕組みをした。

「やっぱり変だ。普通、座敷牢というのは奥の間や離れに作るんですよ」

「そうなん……ですか」

「当然でしょう、世間から隠すために監禁するんですから。ところが、この牢は家の中央に設《しつら》えてある。つまり、どの部屋からでもアクセスできるんです。こんなの聞いたことがない。まるで……家自体が座敷牢のために建てられているみたいだ」

「なんの、ために」

木藤がかぶりを振った。

「よほど大人数での監視が必要だったか、あるいは……牢に入った人間を誰でも見物できるようにしていたとか」

見物──予想もしなかった単語にぞくりとする。数えきれない人々が、牢のなかに座った人物を無言で見つめている──そんな光景が脳裏に浮かんだ。

否《いな》──そもそも、牢のなかに入れられていたのは本当に人間なのか。

さっき木藤が言ったように、座敷わらしが監禁されていたのではないのか。

もしや、まだ居るのではないか。

寒気をおぼえる俺をよそに、木藤は大いに興奮しているようで、独りごちながら座敷牢と和室を行ったり来たりしている。

「これはテレビが飛びつくぞ。いや、家全体がなんだか禍々しい雰囲気に満ちているから、むしろホラー映画のロケに使えるかもしれない。本当に呪われた家での撮影……うん、これはウケるな」

態よろしくうろつく姿を眺めながら、俺はひそかに迷っていた。

本当に〈目的〉を実行すべきなのか。

そんなことをして、なんになるのか。

逡巡《しゅんじゅん》を打ち消したのは——突然の声だった。

「ねえ」

かぼそい呼びかけが玄関から届いている。

目を遣《や》れば、磨りガラスの向こうにぼんやりと人影が見えた。

「ねえ、あけて」

妻の声だった。

なぜ、ここに。

俺がそう呟くよりも早く、木藤が口を開いた。

「美幸……さん」

わずかに躊躇《ためら》った語尾を、俺は聞き逃さなかった。

疑惑が確信に変わる。目の奥が赤い炭でも押しこまれたように熱くなった。握った拳のなかで掌《てのひら》に爪が深く食いこみ、首の脈がちぎれそうなほど跳ねていた。

「……なるほど、普段は〝美幸〟と呼び捨てなんだな」

木藤が自身の過ちに気づいて、表情をはっとさせる。普段は饒舌《じょうぜつ》なくせに、いざとなると嘘《うそ》の下手な男だ。

「いや、その、驚いて言葉に詰まっただけですよ」

慌てて取りつくろっているが、もう遅い。ゆっくり廊下のまんなかへ立ちふさがり、退路を断った。

「……なあ、木藤さん。美幸とは単なる友人じゃないよな」

「な、なんですか。いきなり」

「わかりやすく言ってやろうか。あんた、美幸の浮気相手なんだろ」

一歩踏みしめた床板が軋《きし》む。木藤が後じさり、座敷牢の格子に背中をつけた。うろたえる顔を眺めながらポケットのスマートフォンを取りだし、鼻先へと突きつける。

「便利な世の中になったもんだよ。電話番号を登録してさえおけば、GPSで位置情報がわかるんだからな。たとえ、他人のスマホでも」

液晶画面には、地図アプリが表示されている。その意味するところを悟った木藤が、大きく目を見開いた。

「そう、これは美幸の行動履歴だよ。女房はあんたの事務所に寄ったあと、かならずバイパス沿いのホテル街へ移動して、きっちり二時間動かないんだ。まさか、あいつひとりで休憩ってこともないだろう」

画面をさらに近づけると、まぶしさを避けるように木藤が俯《うつむ》いた。本当はなにから目を逸《そ》らしているのか、すでにあきらかだった。

「なあ、どうやって美幸を口説いたんだ。なんであんたみたいなインチキくさい男に女房は騙《だま》されたんだ。どんな嘘で落としたんだ。ダメ亭主なんか放っとけと言ったのか。俺を笑い物にしたのか。さあ、答えろよ。返事によっちゃ……許さねえぞ」

そのひとことに反応し、木藤が顔をあげる。

「許さないって、いったいどうするつもりですか。これは脅迫ですよ。犯罪ですよ。悪いがつきあっていられない。僕はタクシーを呼んで、ひとりで帰らせてもらいます」

なんとか突破口を見出《みいだ》そうと平静をよそおっているが、額には玉の汗が浮いている。蒼白《そうはく》になった顔面を殴り飛ばしたい衝動を「これ以上は止めとけ」という心の声が押さえつけていた。

もう美幸に手出しはしないはずだ。ならば——もう良いじゃないか。

〈目的〉はすでに果たしたじゃないか。

緊張が緩み、拳の力が抜ける。それを赦《ゆる》しの合図と思ったのか、木藤が安堵《あんど》の表情を浮かべて「言っておきますがね」と唇を歪《ゆが》めた。先ほどまでの爽快さが微塵《みじん》も感じられない、下卑た笑みだった。

「最初に誘ったのは……奥さんのほうですよ」

勝手な自己弁護を聞いた瞬間、俺は発作的に木藤を思いきり突き飛ばしていた。

不意打ちをくらった不貞の主が、座敷牢のなかへと勢いよく倒れこむ。したたかに頭を打って昏倒《こんとう》するさまを見下ろしながら、俺は格子戸を勢いよく閉めた。

「ちょ、なにするんだッ」

ふらつきながらの抗議を無視して、すばやく閂をかける。木藤が慌てて格子を揺さぶったが、まさしく堅牢《けんろう》、びくともしない。

「おい、開けてくれ。僕をどうする気だ」

俺は答えなかった。どうしてやろうか考え続けていた。昨日までは木藤を詰問して「別れます」という言質を取るくらいのつもりでいたが、それでは面白くない。

このまま放置するか、それとも小便を漏らすまで脅してやろうか。ゆっくり衰弱していく様子を見守るのも、なかなか愉《たの》しそうに思えた。

ふいに——自分が嗤《わら》っていると気づく。この家に足を踏み入れてから、瘴気《しょうき》にでもあてられたように嗜虐《しぎゃく》的な感情がぼこぼこと湧いていた。なるほど、木藤の話を信じたわけではないが、この家にはなにか禍々しいものが漂っているのかもしれない。もしかしたら、村人を連れ去った人間も、女を乱暴した男たちも、両親を殺した長男も、いまの俺とおなじ気持ちだったのだろうか。

だとしたら——彼らはさぞや心地良かったはずだ。

なに、時間はたっぷりとある。まずは美幸にこの情けない姿を見せてやろう。木藤と妻をどうするかは、その後にゆっくり決めてもかまわない。

格子を揺らし続ける木藤を横目に玄関へと向かい、一気に引き戸を開ける。

「え」

立っていたのは——妻ではなかった。

「やっぱりあんたらか。ここでなにをしているッ」

管理人らしきあの老人が、真っ赤な顔で俺を睨《にら》んでいた。

唐突な展開に驚いた所為か、それとも外気の冷たさにあてられたからか、高揚感が急速に醒《さ》めていく。監禁、詰問、復讐《ふくしゅう》——なにもかもが一瞬で煩わしくなった。

「そんなに怒鳴らないでくれ。〈目的〉は果たしたから、女房を連れてすぐに帰るよ」

「女房だと」

俺の言葉に、老人がいっそう顔を紅潮させた。

「お前たちふたり以外にまだ誰かいるのか。すぐに全員、ここから出てけッ」

　摑《つか》みかからんばかりの老人を「落ちついてくれ」と手で制する。

「女房とは一緒に来たわけじゃない。俺たちを……いや、浮気相手のあいつを追いかけて、勝手にここまで来たんだ」

「どこにいる」

「え」

「その女房ってのは、いったいどこにいるんだ」

　老人を押しのけ、おもてを見まわす。けれども、美幸の姿はどこにもなかった。

「そんな、ついさっきまで戸口の前で……」

　俺がそう言うなり、彼が老人とは思えぬ力で俺を家のなかへ押しこめ、後ろ手で玄関の戸を閉めた。

「お前……呼ばれたな。応えたな」

「な、なんの話だ」

「良いからすぐあの部屋に逃げろ」

「あの部屋って、座敷牢のことか」

「座敷牢……だと」

一瞬ぽかんとしてから、老人がいきなり笑いだした。

「そうかそうか、あんたたちは座敷牢だと思っていたのか」

「おい、どういうことだ」

こちらの問いに答えるふうもなく、曲がった背をさらに丸め、笑い続けている。耐えきれずに肩を摑んで激しく揺さぶると、ようやく彼は真顔に戻った。

「なあ、ちゃんと説明してくれ。あの部屋は座敷牢じゃないのか」

「〈檻の間〉はな、出られなくするためのものじゃない。逆だよ」

「ぎゃく……」

「入れないようにするんだ」

「入れなくするって、なにを」

「この土地に棲《す》む〈山のモノ〉だよ。儂《わし》の親父《おやじ》らは、ふざけ半分で〈座敷あらし〉と呼んでいたがね」

思わず吹きだしそうになる。けれども、老人はにこりともしなかった。

「……本当なのか。わらし、じゃないのか」

「六十年前の村人失踪事件のとき、子供だった儂は〈檻の間〉に放りこまれて助かったんだ。〝見たものを誰にも言うなよ〟と繰りかえすおっ父《とう》が、座敷あらしに目の前で喰われていくさまを凝視しながら夜を明かしたんだ。おっ父は、足の先からゆっくりと……」

老人が言い終わるより早く、玄関の戸が、がたたたたたっ、と鳴った。

磨りガラスの向こうに影が揺れている。

異様に頭が細く、手足の長い影だった。

「ねえ、あげでえ。あげでえ」

轟《とどろ》く声はすでに妻のそれではない。こちらを嘲笑うような、濁った咆哮《ほうこう》に変わっている。

老人と抱きあうようにして引き戸から離れ、腐った和室へと逃げる。

いつのまにか、座敷牢からはなんの音も聞こえなくなっていた。

見れば、格子戸が斜めに傾いでいる。どうやら木藤が力まかせに壊して隙間から脱出をはかったらしいが、もはや俺は追いかける気などなかった。

「あげで、あげでででで」

声はいまやなんの意味も成していない。

小刻みに振動する磨りガラスの音が、だんだんと大きくなっていく。

「なんで、なんでこんなモノが来るんだよ。この村はなんなんだよッ」

半泣きで訴えるこちらを哀れみのまなざしで眺め、老人がぽつりと漏らす。

「仁江はな……もともと〈贄《にえ》〉と書くんだ」

贄――。

つまり、この村は生贄を喰うための。

あの座敷牢は、座敷あらしから身を守るための。

正解を讃《たた》えるように、玄関の戸がひときわ派手に鳴る。

と――埃っぽい空気を裂くように、血腥《ちなまぐさ》い臭気が鼻に届いた。これは木藤のものだろうか。それとも、俺自身の未来のにおいなのだろうか。

牢という字には生贄の意味もある――木藤の言葉を思いだしながら、俺はゆっくりと開く戸を、震えながら凝視し続けていた。

トガハラミ

郷内心瞳

ぐしゅりと湿った水音が、目の前の薄闇で弾けた。

大きな菱形《ひしがた》に区切られた、古びた木製の格子窓。

窓の内側に灯《とも》る仄《ほの》かな灯《あか》りの中に姉の顔が浮かんでいる。右手にそっと握られた白桃は、透き通るように白い姉の歯で、皮ごと大きく齧《かじ》り取られていた。

ぷくりと膨らんだ小ぶりな唇の端から、飴色《あめいろ》の果汁がついと一筋、伝いこぼれる。皮ごと齧り取られた桃の内からは、やわやわとした質感の薄白い果肉が覗《のぞ》いている。果肉は染み出た果汁にまみれ、滑《ぬめ》りを帯びた淡い光を放っていた。

黙々と桃を齧る姉の面貌には、どことなく憔悴《しょうすい》めいた色の滲《にじ》んだ、くたりとした笑みが浮かんでいる。目は空《くう》を見つめている。

口中でくちゅくちゅと果肉と皮を咀嚼《そしゃく》する音が聞こえ、まもなく「こくり」と小さく嚥下《えんげ》する音が聞こえた。顔にはやはり、くたりとした笑みが浮かんでいる。

やはりおいしくないのだろうと、美佐子《みさこ》は思う。

けれども姉がどうにか食べられると答えたのが果物だったのだ。だから姉の許《もと》を訪れるたび、持参した果物を格子窓の隙間から差し入れてしまう。

「ごちそうさま。ありがとう」

やがて白桃をそっくり平らげたあと、姉が美佐子を見つめて微笑《ほほえ》んだ。

先刻までのくたりとした笑みが、ふわりとした柔らかな微笑に切り替わる。

でもやはり、今夜も姉は「おいしい」とは言わなかった。

だから美佐子もいつものごとく、敢《あ》えてこちらから尋ねようともしなかった。

「おいしいのは分かる」

だがそこへ、姉のほうがぽつりと小さく言葉をこぼした。

「でも、やっぱり〝おいしい〟という実感は湧いてこない。……ごめんね」

格子窓の前で困ったような笑みを拵《こしら》え、姉が言う。天上から降りそそぐ月の光を浴びた姉の顔は、青いまでに薄白い。

「いいんだよ。それより、食べてくれてありがとう」

美佐子は応え、姉に向かって微笑みかける。

よかれと思って果物を差し入れても、それは所詮、美佐子の自己満足に過ぎない。

だから姉に謝られると、むしろ心が痛んでしまい、辛かった。

果物だけではない。姉は別に何を食べずとも、生きていられる身体だった。

水すら飲む必要がない。姉は普通の人ではないからだ。

否《いな》。厳密には、普通の人ではなくなってしまったのである。

その昔、姉は人を喰《く》らったのだという。

好きになった男の喉笛を刃物で切り裂き、血肉を喰らったそうである。

以来、姉はこの蔵に長らく閉じこめられている。

二度と人を襲って喰らわないようにするため、自宅の裏手から緩やかな線を描いて盛りあがった土手の上に建つ古びた小さな蔵に、姉は長らく隔離されていた。

姉が男を喰ったのは、彼女の本意ではない。

トガハラミにとり憑《つ》かれてしまったからである。

トガハラミは、この地方における、固有の物《もの》の怪《け》のような存在だと聞いている。

トガハラミに魅入られ、とり憑かれた者は人の肉を喰らうようになるのだという。

男が憑かれれば、好きになった女を。女が憑かれれば、好きになった男を喰らう。

その後も人の肉ばかりを喰らうようになる。他の食べ物は一切受け付けなくなる。

一度憑かれれば、トガハラミを祓《はら》い落とす術《すべ》はないのだという。

だから姉は未《いま》だに憑かれたままの身で、蔵の中へと閉じこめられている。やはりこの地方における隠された風習で、昔からそうしているのだと聞かされていた。

トガハラミに憑かれた者は、飲まず食わずであっても弱ることも死ぬこともなく、病に冒されることもない。天寿を全《まっと》うする日まで、平然と生き続けることができる。

殺そうと思えば殺せるらしいのだけれど、憑かれた者をみだりに殺してしまうと、遺骸の中からトガハラミが飛びだして、殺《あや》めた者にとり憑くとも言われていた。だから殺さず、こうして隔離するのである。

人を喰らい殺したその咎《とが》自体は、公《おおやけ》に裁かれることがない。

大昔から今の時代に至るまで、トガハラミに関する人の惨死は禁忌として扱われ、世間に広く知られることもなく、全てを内内に処理されて秘匿《ひとく》される。

役場が管理している牢屋《ろうや》のような物があると聞いたことがあるし、町に唯一ある小さな総合病院の地下にも、やはり同じような施設があると聞かされたこともある。だが、憑かれた者の大半は、家族の許に引き取られ、自家の敷地内に隔離されることが多いようだった。家内に拵えた座敷牢や地下牢などに閉じこめ、世間から完全に隔絶するのだ。美佐子の家でもそうしたご多分に漏れず、自家の裏手に立つこの蔵に姉を長らく隔離していた。

色褪《いろあ》せた灰色の瓦が載った三角屋根。元は純白だったであろう外壁は、くすんだ鼠《ねずみ》色《いろ》に染まり、ところどころに黄土色の染みが浮かんで、斑《まだら》模様を描いている。

蔵の分厚い正面扉に開いた格子窓以外に、外から光が入る場所はひとつもない。蔵の中は昼でも湿り気を帯びた闇に覆われ、黴臭《かびくさ》い空気が滞留している。

闇を照らす唯一の灯りは、蔵の中にある小さなカンテラだけだった。

夜半過ぎ、美佐子が蔵の前へ訪れると姉は、格子窓のそばに積まれた木箱の上に置かれたカンテラに火を灯す。そうしてしばらく格子窓を挟んで顔を突き合わせ、取り留めのない話に花を咲かせるのである。

姉の様子を見るため、蔵を訪ねるのは美佐子しかいない。

父も母も、姉にはまったくの無関心だった。話題にだすこともない。

飲まず食わずでも平然として生きていられる姉だから、確かに世話をすることも、様子を見ることさえも必要ないのかもしれない。

ただ、自分たちの娘だろうにと思う。腫れ物に触れるようなそぶりすらも見せず、まるで我が家に姉など初めからいなかったかのように、父と母は振る舞っている。

美佐子はそれが許せなかったし、姉が不憫《ふびん》でならなかった。

だから毎晩、両親がすっかり寝静まった真夜中に自室を抜けだし、本当は食べる必要もない果物を台所や仏壇からひとつくすねて、姉の許へと参るのだ。

姉は飢餓《きが》を感じることもないのだという。

ただ時折、人の肉を食べたいという欲求に駆られることはある。それは突発的な衝動や禁断症状などとは程遠い、憧憬のようなものだと姉は語る。脳の襞《ひだ》の隙間から、焦がれた男の首筋に齧りついた時の情景が昨日のことのようにまざまざと蘇《よみがえ》り、そんな時は束《つか》の間《ま》、人の肉を食べたくなる時があるのだという。だが、蔵を抜けだし、誰かを襲って喰おうとまでは思わない。そもそも蔵の扉は古くとも頑丈で、女の細腕に到底打ち破れるような代物ではなかった。暴れもせず、叫ぶことすらもなく、心の中で昔の忌まわしい情景が一頻《ひとしき》り流れて潰《つい》えると、漠然とした欲求も花が萎《しぼ》むように消えていくのだと姉は語る。

白桃を食べ終えた姉といつものごとく、取り留めのない会話を繰り広げているうちに、時間はあっというまに過ぎていった。「また明日ね」と姉に告げ、蔵をあとにする。

懐中電灯をかざしながら土手に敷かれた坂道をおり、家の裏手に面した勝手口に向かって裏庭を歩いていると、暗闇の中に蛍の光がちらついているのが目に入った。淡い緑に灯って瞬《またた》く幽玄《ゆうげん》な光は、まるで死んだ人の魂みたいだと美佐子は思った。トガハラミは、定まる形を持たない妖《あや》かしなのだと姉は言っていた。

ふと気がつくといつのまにかとり憑かれていて、人を喰らってしまうのだという。けれども美佐子のイメージでは、ああいうものなのではないかと思う。小さな光の粒が口の中に入ってきて、人の心を束の間、鬼へと変えてしまうのだ。定まる形を持たず、どこへなりとも現れるから、警戒しようもないそうである。ただ、トガハラミは心の弱い人にほど、好んでとり憑くのだとも聞かされていた。だから憑かれぬように身を守るには、せいぜい心を強く持つことなのだという。

「美佐子も気をつけてね」と、姉はいつも不安げな面差《おもざ》しで美佐子に言う。

「大丈夫だよ、気をつけるから」と答えるのが、いつものふたりのやりとりだった。本当に気をつけようと思いながら勝手口を開け、美佐子は二階の自室へと戻った。

眠りに就くと夢すらも見ず、朝はすぐに訪れた。

両目を屡叩《しばたた》きながら布団を抜けだし、手早くセーラー服に着替えて階下へおりる。洗面所で慌ただしく洗顔を済ませ、長い髪を綺麗《きれい》に整えると、今度は台所へ向かい、テーブルの上に置かれた弁当箱と水筒を鞄《かばん》の中に詰めこんだ。

朝食はいつも食べないようにしていた。

父の顔も母の顔も、なるべく見たくなかったからだ。

玄関を出る間際、靴を履きながら、両親が朝食を食べている居間の磨《す》りガラスに向かってぶっきらぼうに「いってきます」とだけ告げ、逃げるようにして家を出た。

美佐子の家は、周囲を深い山々に囲まれた広い盆地の片隅にある。盆地の中には、小さな田んぼと畑と森が点在するばかりの、心寂《うらさび》しい土地柄である。

高校は、自転車で三十分ほどの距離にあった。

創立百年近い古い学校なのだが、全校生徒数は三百人ほどの小さな学校でもある。生徒の大半は美佐子を始め、地元の中学から進学してきた者たちだった。

入学生徒数は年々減っているのだという。隣町にある大きな高校と合併する話も持ちあがっている。いずれはきっとそうなるだろうと美佐子も思っていた。

七月半ば。まもなく梅雨が明けようとする盆地の気候は、湿気を孕《はら》んで蒸し暑く、学校に着いて授業が始まってからも、不快な暑さは変わらぬままだった。

やがて午前の授業が終わり、昼休みになった。

いつものごとく、友人たちとふたつにくっつけ合った机を囲み、昼食を始める。

弁当箱を開け、続いて水筒の蓋を捻《ひね》る。ところが蓋は、まるでハンダ付けでもされたかのようにきつく締まって、ぴくりとも動いてくれなかった。

「開かないの？」と友人たちに聞かれ、「うん」と答える。みんなも代わる代わる蓋をこじ開けようと試みたが、いずれも開けることはできなかった。

友人から返ってきた水筒を受け取り、もう一度蓋を捻り始めた時だった。

「俺が開けてやろうか？」

背後からふと声をかけられた。振り返ると松野《まつの》くんが、はにかんだような笑みを浮かべて美佐子の顔を見おろしていた。

若干、鳶色《とびいろ》っぽく見える髪の毛は染色したものではなく、生来の色らしい。肌の色みも求肥《ぎゅうひ》のように薄白くてきめが細かく、すらりとした体軀《たいく》の線と相まって、繊細な飴《あめ》細工のような印象を感じさせる。

一瞬、どきりと胸が高鳴り、続いて胸の内側でふつふつと苛立《いらだ》ちが沸きあがる。

彼の目には、仄かな期待と羞恥が綯《な》い交《ま》ぜになった、奇妙な光が浮かんでいる。その瞳に宿った光が美佐子の気息を乱して、ますます心を苛立たせた。

「いいよ、別に。食堂でジュース買ってくるから」

機械じみた乾いた声音で答え、椅子からすっと立ちあがる。

「開けてもらいなよ！」と友人たちに黄色い声ではしゃがれたけれど、何も答えず急ぎ足で教室を出た。

松野くんは、町内にふたつある中学のうち、美佐子とは別の中学からこの高校へ入学してきた。それまでに面識はまったくない。入学式を終え一学期が始まってまもなくしてから、ああして何かと口実を見つけては、事あるごとに声をかけてくる。彼が美佐子に好意を寄せているのは明白だったが、迷惑だった。

彼について興味などなかったし、そもそも美佐子は異性というものに興味がない。興味がないどころか、強い嫌悪感を抱いていた。

食堂の自販機で紙パックのアップルジュースを買って教室へ戻ると、机の上に置いていた水筒の蓋が開いていた。蓋は水筒の隣に逆さになって並んでいる。細くため息をつきながら、ちらりと視線を向けると、他の男子たちと昼食の席を囲んでいた松野くんと目が合った。

美佐子が小さく舌打ちをしながら非難の色をこめた鋭い視線を送ったとたん、彼はそっと目を伏せ、素知らぬそぶりで食事に戻った。

午後を過ぎて下校時間になっても、大気は湿り気を帯びて蒸し暑いままだった。校門を抜けて田舎道《いなかみち》に自転車を漕《こ》ぎだしても、肌身に感じる風に清涼感など微塵《みじん》も覚えず、わずかも心が浮き立つことはない。

道端の向こうに生い茂る雑木林では、蟬《せみ》たちがかまびすしい鳴き声をあげていた。あんなに激しく鳴いて、よくも喉が千切れないものだと思う。耳障りで仕方がない。声を聞いていると、頭が針で刺されたようにずきずきと痛くなってくる。

ああやって死ぬまで一心不乱に喚《わめ》き続けるのだ。雌をおびき寄せて交わるために。たかだか虫のくせに不埒《ふらち》で汚らわしい。漫然と思いを巡らせれば巡らせていくほど、ほとほと薄気味の悪い所業だと思った。

不快な湿熱に汗ばみながら帰宅すると、前庭の一角に設けた畑に母がいた。春に植えて実り始めた茄子《なす》の手入れをしている。

美佐子の気配を察して、こちらに首を向けたけれど、「ただいま」の挨拶もせず、美佐子は急ぎ足で自室へ戻った。

熱気が籠って空気の淀《よど》んだ自室の窓を開け放っても、風はそよとも感じられない。代わりに首筋や額から、新たな汗が小さな球粒《たまつぶ》になって噴きだしてきた。

扇風機のスイッチを入れ、大の字になって前に寝そべる。

靴下を脱ぎ、両足を回転する羽の前へと向けると、汗で少しだけ湿った指の間が涼やかな風に嬲《なぶ》られ、たちまちさらさらに乾いた。

心地よい感触に心のほうは潤いを取り戻し、ようやく人心地つく。

だが、昼食の席でまたぞろ松野くんに絡まれた一件で、気持ちは未だにささくれ立ったままだった。

姉に会いたかったけれど、母はまだ庭にいる。夜中になるまで蔵には向かえない。もどかしい気持ちを抱えながら、美佐子は畳の上で何度も輾転《てんてん》と寝返りを打った。

やがて夜が更け、両親がすっかり寝静まった夜半過ぎ。

美佐子は仏壇からくすねた苺《いちご》を携え、懐中電灯の灯りを頼りに蔵へと赴いた。

「お姉ちゃん」

蔵の扉の前に立ち、格子窓に向かって声をかけると、まもなく暗黒色に染まった蔵の中にカンテラの放つ淡い光が灯った。続いて格子窓の向こうに姉の顔が現れる。

「今夜は苺。食べられそう？」

「うん。ありがとう」

美佐子の問いかけに姉はくたりとした笑みを浮かべ、格子窓の隙間からビニールパックに詰まった苺を受け取った。

パックに並んだ大粒の真っ赤な苺をひとつ摘み、尖《とが》った先端にそっと唇を寄せる。

「ちゅっ」と鋭い音が鳴り、苺の先端が萎みながら姉の口中に吸われて消えていく。

　顔に浮かぶ笑みには、やはりおいしそうな気振《けぶ》りなど感じ取ることができないが、姉が果物を食べる様子には妙な艶《なま》めかしさがあり、美佐子はいつも見入ってしまう。

「また松野くんに絡まれた。やっぱり一回、がつんと言ったほうがいいのかな」

　ふたつめの苺を摘んだ姉に向かって、ぼやき混じりに語りかける。

「美佐子は男の子、苦手だもんね」

「男の子だけじゃないよ。男っていう性そのものが嫌いだし、女もセットで大嫌い。色気をだして近づいてこられると、それだけで気持ちが悪くて倒れそうになる」

　苺を唇で潰しながら吸う姉に、美佐子は唇を尖らせて訴える。

「嫌われるよりは好かれるほうがいいと思う。でも、相手の気持ちに応える義務もないんだし、美佐子が興味ないなら放っておけばいいと思う」

　ちろりと短くだした舌で唇をそっと舐《な》め、くたりとした笑みのまま、姉が言った。姉の舌は苺の汁でわずかに赤く色づいていた。

「お姉ちゃんはさ、今でも食べてしまった人のこと、好きな気持ちってあるの？」

　今まで尋ねたことはなかったのだけれど、気持ちがもやついて定まらないせいか、自分でもほとんど無意識のうちに質問を向けていた。

三つ目の苺を吸いながら姉は束の間、悩ましげな視線を宙に向けていたのだが、まもなくこちらへ視線を戻すと、「よく分からない」と答えた。

「でも少なくとも、嫌いだって思う気持ちもないな。美佐子と同じ気持ちかもね」

くすりと小さく鼻を鳴らして、姉は笑った。

「何言ってんの。やめてよ、わたしは本当にあいつのこと、大嫌いって思ってる」

予期せぬ姉のからかい文句に驚きながら応えると、姉は「そう？」と首を傾《かし》げて、四つ目の苺を指先で摘んだ。

「好きや嫌いという感情よりは、おいしかったっていう気持ちのほうが強いかな」

再び虚空に視線を巡らせながら、ぽつりとした声で姉が言った。

「味の印象のほうが、どうしても勝ってしまう。それを彼に対する好意だと考えて、彼に対して嫌悪感を抱いていないことも含めると、やっぱりわたしは彼のことが、今でも好きなんだと思う。優しくて温かくて、そしておいしかった人だった」

ほんの一瞬、虚空に向けた瞳に陶然とした色を浮かべながら、ひとりごちるように姉がつぶやいた。

以前聞いた話では、姉が食べた男というのは、地元に暮らす姉と同年代の男性だった。互いに気持ちを確認し合い、交際を始めていくらも経《た》たない頃に姉はトガハラミにとり憑かれ、彼の喉笛を刃物で切り裂き、血肉に喰らいついたのだ。

身体の関係は一切なかったと姉は言った。代わりに姉は「食べる」という行為をもって、彼の全てを味わったのである。

姉からこの話を聞いた時、確かにひどく驚きはしたけれど、姉に対して嫌悪感や拒絶感を覚えることはなかった。むしろ、姉を襲った不条理な運命に心が痛んだ。

同じく、姉に好きな人がいたことについても嫌悪を抱くことはなかった。

好《す》いた男を殺して血肉を喰らうことよりも、男女が肉体関係を結ぶ所業のほうが、美佐子にとってははるかにおぞましいことだった。

魔性に魅入られ、人ならざる者へと変じたけれど、姉は美佐子にすこぶる優しい。

それに加えて、姉に男女の汚らわしい過去がないからこそ、美佐子は心を開いて姉に寄り添い、なんでも打ち明けられるのかもしれなかった。

一方、美佐子の心の中で優しく清廉《せいれん》な姉の対極にいるのが、母と父だった。

美佐子が小学六年生の頃だから、今から四年前のことである。

ある時、母の不倫が発覚して、母と父が離婚の局面に立たされたことがある。

母の不倫相手は、宅配便の業者だった。

具体的には不明だったが、母から断片的に聞かされた情報に基づき想像を巡らせれば、厭《いや》でもおぞましい光景がまぶたの裏に浮かんできた。

おそらく荷物が家に届けられるたび、夢見心地で情交を結び重ねていたのだろう。

不倫の発覚で父は激怒し、そこから先はほぼ連日のごとく、美佐子の家では父の怒声と母の泣き声が、絶えることなく響き続けた。

怒声と泣き声がやんで家に静寂が戻ったのは、一週間ほどしてからだった。

学校から帰ってきた美佐子に母は、「離婚はしないことに決まった」と告げた。連日父にひたすら謝り続け、ようやく許してもらえたのだという。

「あなたがいるから、我慢して結婚生活を続けることにした」

母は美佐子にそう言った。

もしかしたら、母とふたりで家を出ることになるかもしれないと聞かされていた美佐子にとって、この報告は朗報だった。

けれどもそれで、母に対する軽蔑の気持ちや嫌悪感が払拭されることはなかった。

両親の結婚生活の継続とはまったくの別問題として、母が犯した不貞行為は美佐子の心に深い傷痕《きずあと》を残した。

だが、話はこれだけで終わらなかった。そんな美佐子の心にとどめを刺したのが、母の報告からさらに数日が過ぎた日の出来事だった。

その日は午後から教員たちの研修会があるとかで、午前の授業で学校が終わった。ホームルームと掃除が終わると、給食は出ずに下校の時間になった。

美佐子はこの日が午前授業だということをすっかり忘れていた。母にも事前に伝えていなかったので、登校前に母から確認されることもなかった。

給食が出なかったせいで家路をたどるうちにどんどんお腹《なか》が減ってきて、自分でも気づかぬうちに家へと帰る足が速まっていった。

そうして午後の一時過ぎにようやく帰宅し、「ただいま」と言って玄関を開けた。ところが家の中から、母の返事は返ってこなかった。

靴を脱いで中へ入ると、幽《かす》かにだけれど家のどこからか、妙な声が聞こえてくることに気がついた。猫が怒るか苦しむかして呻《うめ》くような声だった。

一瞬、背筋にぞわりと粟《あわ》が生じたのは、今改めて振り返ってみれば、あれは己の身体が本能的に発した「警報」のようなものではなかったかと思う。

それを決して見てはいけない、知ってはいけないという警報である。

だがこの時、美佐子の心の内では、警報よりも空腹のほうが勝ってしまったのだ。

無言で耳をそばだてながら家の中を進んでいくと、奇妙な声は家の奥側に位置する、両親の寝室から聞こえてくることが分かった。色褪《いろざ》めた木製の引き戸に隔てられた、八畳敷きの和室である。

忍び足で廊下を渡っていくにつれ、声はますます大きく耳に届いてくる。

やがて寝室の前へと至り、わずかに逡巡《しゅんじゅん》したものの、強い空腹と得体の知れない好奇心が逡巡を打ち負かした。引き戸をそっと開いて、中の様子を覗《のぞ》き見《み》る。

細く開いた引き戸の向こうでは、父と母が布団の上で裸になって絡み合っていた。

父に組み伏せられながら激しく裸身を揺さぶられる母の面貌には、笑みとも苦悶《くもん》ともつかない異様な形相が浮かびあがり、捲《まく》れあがるように捻じれた唇から猫のような声が高らかにあがっている。そうして声を張りあげながら、母も負けじと父の裸身に生白くか細い四肢を絡みつかせているのだった。

それは吐き気を催すほどにおぞましい光景だった。

まるで互いの身体を貪り喰らい合っているかのように美佐子の目には映った。

引き戸をそっと閉め直すなり、美佐子はがたつく脚でどうにか家を抜けだし、その日は西陽が遠くの山の向こうに沈む頃まで、近所の空き地で時間を過ごした。

思いだすまい、忘れようと必死になって努めても、引き戸の向こうに垣間見《かいまみ》た両親の姿は脳裏に焼きついて離れず、何度も何度も頭の中で生々しく再現されては、美佐子の身体を震わせた。

お腹も減って堪《たま》らなかったけれど、家に戻るのが恐ろしくて耐えるしかなかった。グロテスクな万華鏡のごとく頭の中をぐるぐる回り続ける父と母の汚らわしい姿と、目眩《めまい》がするほど強い空腹に苛《さいな》まれ、美佐子は空き地の隅で小さな身体を震わせながら、声を殺してすすり泣いた。

こうして今現在の美佐子が在る。母のせいで心に深い傷を負った美佐子がいる。

中学時代、クラスの友人にレディースコミックを見せられ、嘔吐《おうと》したことがある。華奢《きゃしゃ》な線で描かれた男女の情交を目にした瞬間、頭の中で汚らわしくて忌まわしい光景が鮮明に蘇り、噎《むせ》び泣《な》きしながら胃の中身を教室の床にぶちまけた。

「あなたがいるから、我慢して結婚生活を続けることにした」

母は美佐子にそう言った。本当はあの時、「人のせいにするな」と言いたかった。加えて今なら、心の底から「嘘《うそ》つき」と詰《なじ》ることもできる。

〝我慢して〟離婚を回避したはずの父に抱かれて、あんなによがっていたくせに。結局母は、自分を抱いてくれる男なら誰だっていいのだろう。気持ち悪い。

それにである。己の娘の幸福を願う気持ちが本当にあるのであれば、姉に対してどうしてこんなひどい仕打ちができようか。

蔵に参じて声をかけることもなく、その身を案じて話題にだすことすらもなく、あたかも初めから、姉などこの世に存在しないかのように振る舞っている。

母は上辺だけの綺麗事を並べ立てる偽善者で、そのうえ淫乱のろくでなしなのだ。だから母が嫌いだった。父も嫌いだった。男も女も汚らわしくて大嫌いだった。

「でも、そんなふうに思っていても、美佐子も自分を女だって意識しているじゃない」

漠然と思いを巡らせていたところへ、ふいに姉がつぶやいた。

言葉にだしたわけでもないのに、顔色を見てこちらの心情を察したのだろうか。

「そんなことはないよ。わたしは自分を女だって思いたくもない」

とっさに言葉を返しはしたものの、姉がこぼした唐突なひと言に戸惑いを覚えた。一体、何を言いだすのだろう。普段の姉なら、決してありえない発言だった。

思い惑うさなか、姉はさらに言葉を継いだ。

「けれどもその髪。綺麗に伸ばしてすごく素敵じゃない。美佐子が本当に男も女も意識していないなら、髪なんて別に短くてもいいと思わない？」

やっぱり意識はしているんだよ。

パックから六つ目の苺を摘みあげ、美佐子の長い黒髪を細い目で見つめながら、姉が言った。口元には薄い笑みが浮かんでいる。

背筋が少し、うそ寒くなるのを感じた。

美佐子は別に、自分自身を殊更女と意識して、髪を伸ばしているわけではない。単に長い髪が好きで伸ばしているだけだ。

無論、男の興味を惹《ひ》くために伸ばしているわけでもない。

だが、こうして姉に指摘されると、なんだか自信がなくなってくる。

姉は「本当に素敵よ」とフォローするように繰り返したが、美佐子のほうは得体の知れない動揺に言葉が詰まり、それ以上何も返すことができなかった。


翌朝、いつもどおりに着替えを済ませ、洗面所へ向かった。

鏡を前にブラシで髪を梳《と》かしていると、昨夜、姉に言われた言葉が脳裏に蘇った。

髪は両親の情交を目にするはるか以前、幼い頃からずっと長く伸ばし続けている。

両親の件を含め、美佐子が男や女を殊更意識し始める前からの話である。

だからこの長い黒髪は、いわば自分自身のアイデンティティのようなものであり、姉が語るように己の性を過剰に意識したり強調したりするようなものでもなければ、男を引き寄せるために伸ばしているものでもない。絶対にそうだと美佐子は思う。

だが、そうは思うのだけれど、鏡に映る長い黒髪を伸ばした自分の姿を見れば見るほど、心がぐらつき、自信が持てなくなってくる。代わりに太いため息が漏れた。

不安定な気持ちを抱えながら登校すると、その日はやたら松野くんと目が合った。授業中でも休み時間でも、何気なく彼のほうへ目を向けると、彼のほうも美佐子を見ていて、視線が重なり合ったとたん、互いに目を背けて素知らぬ顔を拵える。

下校時間まで、こんな気まずいやりとりが七回ほど繰り返された。

察するにおそらく、彼は昨日の水筒の件を謝りたいのだと美佐子は思った。けれども謝るのを口実に、またぞろ自分に絡みたいという魂胆も察していたので、美佐子は決して彼を近づけないよう、絶えず刺々《とげとげ》しい態度を装ってやり過ごした。


その晩も姉に会うため、蔵に参じた。

その夜、美佐子は松野くんの話題を一切口にださなかった。

昨日の今日で話題にだしたら、彼に興味を抱いていると思われかねないと思ったし、姉の口から再び、女や性に関する言葉を向けられるのも厭《いや》だった。

代わりに普段どおり、取り留めのない言葉を交わして笑い合った。

美佐子が持参したプラムを齧る姉の姿は、やはりどことなく艶めかしく感じられ、話しながら漫然と見ていると、自分でも気づかぬうちに陶然とした気分に陥った。

姉の透き通るように白い歯に齧られ、楕円状《だえんじょう》の窪《くぼ》みを作りながらこそがれていくプラムの果肉は、ぬらぬらとした滑り気を帯びて真っ赤に光っていた。

美佐子の目には、あたかもそれが人の肉のように映って仕方なかった。

おいしいなどとは思っていないくせに、真っ赤な果肉に黙々と貪りつく姉の姿は、我を忘れて人の肉の欠片《かけら》を喰らっているかのように見えた。

「おいしくはない」と姉は言うが、美佐子はとてもおいしそうに食べるなと思った。顔には平素のごとく、くたりとした笑みが浮かび、虚《うつ》ろに広がる視線は人形のごとく暗闇へと向けられている。けれどもかえってその退廃的な面差しが、プラムを貪る生々しい所作と相まって、ある種の妖艶な美を醸しだしているように感じられた。


学校では、翌日以降も松野くんの視線を感じた。

視線を認めるたびに美佐子は鋭い目つきで睨《にら》み返《かえ》して、無言の拒絶を繰り返した。

美佐子の態度に気づいた友人たちには、「少しは相手をしてあげたら?」と囃《はや》されたが、頑として受け入れなかった。

彼の好意がどれほどのものであるにせよ、こちらの内面など何も知らないくせに、浅はかだと思った。どうせ一時の気まぐれで想《おも》いを向けているだけなのだ。

さっさと諦めるか、次の相手を見つけるかして、興味をなくしてほしいと思った。姉にも毎晩会いにいったのだけれど、やはり松野くんの件については話さなかった。姉のほうも彼の話題に触れようとはせず、美佐子が差し入れた果物を食《は》みながら、遅い時間まで話に付き合ってくれた。

古びたカンテラが朧《おぼろ》に灯す薄闇の中、蔵の格子窓を隔てて姉と語らう時間こそが、美佐子にとって唯一の安らぎであり、幸福だった。

男だの女だの、好いただの惚《ほ》れただの、単におぞましくて汚らわしいだけだった。そんなものに翻弄されて疎ましい思いをするよりも、姉とこうして言葉を重ね合い、笑い合う時間のほうがはるかに大事だった。

ずっとこんな時間が続いてほしいと、美佐子は心の底から願っていた。

けれども美佐子のそんな願いは、ある日突然、最悪の形で終わりを迎えた。

水筒の件から十日近くが過ぎ、期末試験も終わって、まもなく一学期の終業式を迎えようとする頃だった。

放課後、路面の片側に鬱蒼《うっそう》とした雑木林が生い茂る、いつもの田舎道に自転車を走らせていると、前方に松野くんの姿が見えた。路傍に停《と》めた自転車の傍らに立ち、こちらに視線を向けている。

彼の家は確か、美佐子の家とは逆方向にあるはずだった。ならば、下校中に偶然出くわしたのではなく、先回りされて待たれていたのだ。

視界に彼の姿を認めた瞬間、彼のほうも美佐子に気づいて片手をあげてみせた。ぎょっとなって身が竦《すく》みそうになったが、すぐさま気を取り直すと視線を逸《そ》らし、辛辣な表情を拵えてまっすぐペダルを漕ぎ続ける。

そうして路傍に佇《たたず》む彼の眼前を通り過ぎようとした時だった。

「あのさ！　ちょっといい？」

松野くんが再び手をあげ、どぎまぎした表情で美佐子を呼び止めた。

そのまま無視することもできたし、できれば関わりたくなどなかったのだけれど、ここで有耶無耶《うやむや》にしてしまったら、またぞろ下校中に待ち伏せを喰らいかねない。いっそのこと、はっきり決着をつけてしまおうと腹を決めることにした。

「何？」

自転車を停めて尋ね返すと、松野くんは「話があるんだけど」と言った。

人も車もほとんど通らない心寂しい田舎道だったが、誰に見られるとも限らない。わずかな時間であっても路上で彼と言葉を交わすのは憚《はばか》られた。

「話があるんなら、あっちで聞く」

美佐子たちから少し離れた道の先には、雑木林の枝葉に半ば埋もれるようにして、色の褪《あ》せた古びた鳥居が屹立《きつりつ》している。鳥居の向こうに延びる石段を上った先には、無人の神社があった。あそこなら人目を気にせず、話すことができる。

松野くんの顔を冷ややかな目で一瞥《いちべつ》し、顎先で鳥居のほうをしゃくる。

返事を待たずにペダルを漕ぎだすと、彼も美佐子のうしろを自転車でついてきた。

「で、話ってなんなの？　忙しいから、なるべく短く済ませてほしいんだけど」

頭上の周囲で蟬たちが盛んに集《すだ》くなか、こぢんまりとした拝殿を前に向かい合い、ぶっきらぼうに問いかける。

美佐子の態度に気圧《けお》されたのか、松野くんは少しの間、しだれたようにうつむき、その場で棒を呑《の》んだように固まっていたのだが、まもなくゆっくり顔をあげると、美佐子の目を見ながら「好きです」と言った。

予期していたとおりの言葉だった。だから美佐子は嫌悪を抱くはずだった。

確かに嫌悪は抱いた。だが、嫌悪と同時に、どきりと心臓が高鳴る自分もいた。それは先達《せんだつ》て、昼休みの際に感じたよりもはるかに大きく、強烈な高鳴りだった。

「……悪いけど、そういうの全然興味ないから、やめてくれない？」

すぐに答えを返そうとしたのだけれど、鼓動の乱れに合わせて気息も急激に乱れ、言葉を吐きだすのに少し時間がかかった。

「じゃあ……たとえば、友達からとか、そういうのもダメ？」

美佐子の言葉に松野くんはみるみる瞳の色を陰らせたが、諦めることはなかった。おじおじとした様子で、なおも食い下がろうとしてくる。

「無理だから。そもそもわたし、あんた自体に興味ないし」

項《うなじ》の辺りにふつふつと沸きあがってきた苛立ちをこめ、荒らげた声で即座に答える。

けれども声が荒れたのは、単に苛立ちのせいばかりではなかった。

鼓動の乱れは治まるどころかさらに激しさを増し、自分でも信じられないほどに上擦ってしまった。

頭がぐらぐらする。胸の真ん中には、真っ赤に煮えたぎる溶岩と冷たく凍《い》てつく氷塊を同時に詰めこまれたかのような、奇妙な熱気と緊張感が渦巻いてもいた。

こんな具合になるのは、両親の情交を目撃した時以来のことだった。

なんなんだろう。この感覚……。すごくそわそわして落ち着かない……。

どうにか平静を装いつつ、必死になって気分を落ち着かせようとしていたところへ、再び松野くんが口を開いた。

「だったら友達じゃなくても、普通に話せるぐらいの関係にはなれない？」

少しだけ斜めに首を傾げ、美佐子の目を覗きこむようにして松野くんは言った。ますます動悸が激しくなって、息をするのが苦しくなる。

「くどいな。さっきからそんな気ないって言ってるよね？　大体、わたしなんかの何がそんなに好きなわけ？」

「……髪かな。その髪、すごく綺麗で似合ってると思う」

美佐子の問いに寸秒間を置き、松野くんは恥じらうようなそぶりで小さく答えた。

（でも、そんなふうに思っていても、美佐子も自分を女だって意識しているじゃない）

先日、姉に言われた言葉が頭の中で染みだすように蘇った。

女々しく髪など伸ばしているから、男に妙な興味を持たれるのだ。ならばいっそ。

鞄を開けてペンケースを手に取り、中からカッターナイフを抜きだす。

「じゃあいいよ、こんなの切るから。綺麗だなんて、言われたくない」

綺麗だなんて、男の口から初めて言われた。鼓動の乱れた心臓が、再びどきりと大きく跳ねあがり、みるみる頬《ほお》が火照《ほて》っていく。そんな自分の反応に驚きながらも、美佐子は長い黒髪を左手にまとめて引《ひ》っ摑《つか》む。

続いて右手に持ったカッターのホルダーから鈍色《にびいろ》に輝く薄刃を伸ばし、まとめた髪の根本へと刃を押し当てた。

「おい、やめろよ！」

そこへすかさず松野くんが脚を踏みだし、美佐子の前まで駆け寄ってきた。

焦りと恐怖を帯びた彼の顔が、美佐子の視界一面を埋め尽くすほど間近に迫る。

求肥のように薄白くてきめの細かい肌質、切れ長で瑞々《みずみず》しい輝きを帯びた双眸《そうぼう》。

若干、鳶色っぽく見える髪の毛は染色したものではなく、生来の色らしい。

彼のほうこそ、綺麗な顔をしていると思った。

衝動的に唇を重ね合わせたいと思った。抱きしめてほしいとも思った。

それでようやく美佐子は気がついた。

自分も多分、前から彼のことが好きだったのだということに。

でも、そんな行為をすることになんの意味があるの？　その後に待っているのは、あの薄汚くて忌まわしい、肉体同士の交わりじゃない。

やはり厭だった。断固として厭だった。彼とは何も始めたくなどなかった。

必死になって理性を保とうとしているところへ、ふいに姉の顔が脳裏を掠《かす》めた。満面にくたりとした笑みを浮かべ、口元に果汁を滴らせながら、まるで人肉のごとく白桃やプラムを齧る、姉の顔だった。

たちまち口の中に唾液が湧いて、こぼれんばかりに溢《あふ》れ返った。ごくりと唾液を飲みこむと今度は胃液がざわめき、腹の中が燃えるように熱くたぎり始めた。

松野くんが愛《いと》おしくて、おいしそうだと思った。

そういえば、お腹も少し減ってきていた。小学時代、ひどい空腹に苦しみながら、日が暮れ落ちるまで空き地の隅で膝を抱えて泣いていたことも、脳裏に薄く蘇る。あんな思いは二度としたくなかったし、母のような女にもなりたくなかった。

だから始める代わりに終わらせようと、美佐子は思った。

己の髪に当てていたカッターを、眼前に向かって真一文字に思いっきり振った。振り終えると松野くんの喉笛が細長く開いて、中から薄桃色をした肉が露出した。

あ、果肉みたいと美佐子は思う。

思う刹那に喉笛から真っ赤な血が噴きだして、カッターを振りかざした美佐子のセーラー服の半袖に勢いよく飛び散った。

首を搔《か》っ切《き》られた松野くんは始め、両目を眼窩《がんか》からこぼれ落としそうなくらいに大きくかっと見開いていた。けれどもまもなく、花が萎《しお》れて枯れていくかのようにまぶたを細めると、「ごぶり」と妙な呻きをあげながら、地面にどっと倒れこんだ。

参道の乾いた石畳の上に仰向《あおむ》けになって倒れた松野くんは、ばくりと開いた首を両手で押さえ、なおも「ごぶごぶ」と濁った呻きをあげていた。

呻きをあげる口元からは、できたての苺ジャムを思わせるような真紅に染まった鮮血が溢れだし、首筋から噴きだす血と一緒に彼の顔の下半分を、鮮やかな苺色に染めあげている。

笑みを浮かべながら彼の身体の真上に両脚を跨《また》がせると、そのまま膝を落として腰の上へと馬乗りになった。続いて首筋を押さえる両手を強引に引《ひ》き剝《は》がし、再び露《あらわ》になった血みどろの首筋へ向かってそっと顔を近寄せる。

どくどくと脈を打ちながら鮮血を噴きだす傷口に唇を押し当て、軽く血を啜《すす》った。

「ちゅっ」と艶めかしい音が口元で弾け、軽い酸味と金気《かなけ》を帯びたしょっぱい味が口の中いっぱいにじんわりと広がった。すごくおいしい味だと美佐子は思う。

たちまち堪らない気分に陥り、今度は露出した肉に歯を立て、ぎゅっと顎を絞る。

とたんに松野くんがばたばたと身体を暴れさせ、両手で美佐子の肩をきつく摑んだ。

半開きになった口からは、奈落の底へ落ちていく小鹿のような、哀れでか細い声が長々と漏れている。大丈夫だよ。何も怖いことなんかないんだから。

首筋に齧りついたまま彼の両手を優しく振り払い、顎の力をさらに強めていくと、今度はべりべりと生木の皮を剝がすような音がして、口の中で肉が断ち切れた。

その瞬間、彼の身体が再びびくりと波打ち、大きく跳ねあがりはしたのだけれど、激しく暴れたのはそれっきりだった。

そこから先は、まるで麻酔を打たれでもしたかのように松野くんは大人しくなり、口から漏れるか細い声も静かに萎んで消えていった。

代わりにカッターナイフで切り開かれ、美佐子の歯で嚙み千切られた首の傷から、あぶくとなってごぶごぶと噴きだす血の音だけが聞こえるようになった。

嚙み千切った肉を咀嚼すると、やはり酸味と金気を含んだしょっぱい味が口中に広がったのだけれど、何度も嚙みしめていくうちに仄かな甘みと旨味も感じられた。とてもおいしい味だと思った。これが松野くんの味なんだと感じ入って胸が震えた。

陶然とした心地で嚙み拉《しだ》いた肉を嚥下するなり、もっとたくさん食べたくなって、再び首筋に喰らいついた。歪《いびつ》な楕円形に抉《えぐ》り取《と》られた血肉に美佐子の歯が触れると、松野くんの身体も再びぴくりと小さく震えて、右手がわずかに宙へと持ちあがった。

手は視力を失った蛇のごとく、少しの間、指先を右へ左へ弱々しく泳がせていたが、やがて美佐子の左手に指先が当たると、覚束《おぼつか》ないそぶりで手の甲をゆっくりと伝い、親指と人差し指で作った輪っかで、美佐子の中指をきゅっと握りしめた。

なぜだかそれが堪らなく愛しく、切ないものに感じられ、身体がじわりと疼《うず》いた。だから美佐子は彼の右手を優しくきゅっと握り直し、彼と手をつなぎ合わせたまま、彼の首筋を無我夢中で貪り喰った。


そうしてようやく我に返ったのは、胃の腑《ふ》が十分に膨れあがり、もうこれ以上は食べられないという満腹感を覚えた頃だった。

寝覚めのような心地で目を屢叩くと、視界の真ん前に首の肉の大半を齧り取られ、真っ白い頸椎《けいつい》が露になった松野くんが、仰向けになって事切れていた。

たちまち悲鳴をあげて、彼の遺骸に絡みつかせていた身を立ちあがらせる。

セーラー服の白い胸元が、彼の血でぐっしょりと染まっていた。右腕の半袖には喉を掻っ切った際に噴きだした血しぶきが、無数の点を描いて染みついている。

口の中にはまだ、酸味と金気を帯びた血肉の後味が染みつくように残っていた。

ようやく自分がとんでもないことをしてしまったことに理解が及んで、蒼《あお》ざめた。

唇がわなわなと小刻みに震えだし、涙が頰を伝ってぼろぼろとこぼれ始める。

どうしよう……と思って、頭へ真っ先に浮かんできたのは、一刻も早くこの場を立ち去らねばならないという焦りだった。

転がるような勢いで石段を駆けおり、鳥居の傍らに停めていた自転車に飛び乗る。

人気《ひとけ》のない神社である。おそらくだけれど、現場は誰にも見られていないと思う。だが、美佐子の自転車は鳥居の前に停めていた。松野くんの自転車も一緒に並んで停められている。仮に現場の目撃者がいないとしても、鳥居の前に停まる自転車が誰かの目に触れていたなら、いずれきっと美佐子の犯した罪は明るみに出るだろう。

再びどうしよう……と焦りながらペダルを漕ぎだしてまもなく、答えが浮かんだ。

とにかく姉の許へと急がねばと思った。

わたしはトガハラミにとり憑かれてしまったのだ。好いた男を喰らったのだから。

ならばもう、祓い落とすことは決してできない。

松野くんを喰った事実が発覚すれば、自分も姉と同じように天命を迎える日まで、どこかに閉じこめられてしまうのだろう。

けれどもできることならその場所は、姉が隔離されているあの蔵がいいと思った。

これから先、せめて姉とずっと一緒にいられることができるのだったら構わない。

今さらどうせ、元の日常に戻ることなどできないだろうし、美佐子の場合は元の日常自体がすでに壊れきってしまっている。

ならばせめて大好きな姉と一緒にあの蔵で、楽しく余生を過ごしたいと思った。

人気の少ない田舎道とはいえ、周囲は決して無人ではない。血に染めあげられたセーラー服を誰かに見られることを恐れ、途中からは雑木林の中に延びる未舗装の細い小道を使って家路を急いだ。

雌を求めてけたたましく鳴き叫ぶ蟬たちの声を耳に受けながら汗みずくになって林道を抜けた先は、自宅の裏手に面した道路に通じている。門口から戻れば、家の前庭の一角に設けた畑に母がいるかもしれなかったので、なおさら都合がよかった。

素早く道を突っ切って反対側に生い茂る雑木林に分け入ると、林の中に自転車を投げ捨て、緩やかな下り斜面になった林の中を滑るように駆けおりていく。

斜面を下りきって林を抜けた先には、古びた小さな蔵の後ろ姿があった。仄かな安《あん》堵《ど》を覚えながらすかさず蔵の外周を駆け抜け、正面側へと回りこむ。

とたんに「え？」と声があがって、我が目を疑うことになった。

蔵の正面に嵌《は》められた分厚い扉から、格子窓がなくなっていた。

扉は黒々と寂れてくたびれきった色みを湛《たた》え、もうずっと昔からこの蔵の正面に嵌めこまれているように見える。

「嘘でしょう……」と思いながらも信じることができず、拳で扉をがんがん叩いて、

「お姉ちゃんッ！」と呼んだ。だがしかし、どれだけ呼べど叫べど、静まり返った蔵の中から姉の声が返ってくることはなかった。

そうしてしばらく、我を忘れて扉を叩き続けていた時だった。

「あんた、何やってんの……？」

背後からふいに声をかけられ、美佐子は金切り声をあげた。

振り返ると、首筋にタオルを掛けた作業着姿の母が立っていた。やはり畑仕事をしていたのだろう。片手には土まみれになったシャベルがぶらさがっている。

振り返った美佐子の姿を見るなり、母も大きな悲鳴をあげた。

母はすっかり取り乱した様子で、血みどろになったセーラー服のことをしきりに問い詰めてきたが、美佐子はそんなことより、姉の所在のほうこそ気がかりだった。ヒステリックな母の声を怒声で脅すように遮り、姉の所在を問い詰める。

ところがまもなく母の発したひと言で、美佐子の怒声は泡のように掻《か》き消《き》えた。

「美佐子。あんたにお姉ちゃんなんか、いないでしょう……？」

今にも泣きだしそうな形相になっている母の口から飛び出た言葉に美佐子は一瞬、耳を疑った。「何をバカな」と思って、姉の顔を頭に思い浮かべてみようとした。

とたんに総毛がぞわりと逆立ち、膝から力が抜けていく。

姉の顔を思いだすことができなかった。名前も思いだすことができない。

そもそも自分はいつからこの蔵で、姉と話し始めるようになったのか。

考え始めると、それすら記憶がぼやけてしまい、思いだすことができなかった。

代わりに思いだしたのは、やはり自分に姉などいないということだった。

「トガハラミ……」

蒼然《そうぜん》とした面持ちで古びた分厚い扉を見つめていると、背後で再び母の声がした。

それはひどく上擦り、震えた声だった。

恐る恐る振り返ると、涙で顔をぐしゃぐしゃにした母の顔が目の前にあった。

「美佐子……あんた、トガハラミにとり憑かれたんだね……」

「違う……違う！」

すかさず叫んだけれど、母の目には恐怖と失意を帯びた光が、爛々《らんらん》と輝いていた。

片手にぶらさげていたシャベルが、両手でぎゅっと強く握り直される。

だからもう一度、「違う！」と声を張りあげようとした。

しかし美佐子が叫ぶより先に、母の握るシャベルが「ぶん！」と鋭い叫びをあげ、
美佐子の眼前に迫った。

それからどれほど月日が流れたのだろう。

蔵に閉じこめられて初めのうちは、救けを求めてあらん限りの声を張りあげ、夜通し泣き続けた記憶がある。

だが、無駄だと悟ってしばらくすると、叫ぶことも泣き喚くこともなくなった。

代わりに時折、記憶の底から滲むように湧いてくるのは、松野くんの味だった。

おいしかったな、と美佐子は思う。

お腹は全然減らないけれど、好きな人の肉だけは無性に食べたくなる時がある。

光の一筋さえも射《さ》しこまない漆黒の闇に染めあげられた蔵の中、美佐子は陶然とした眼差《まなざ》しを闇の先へと向けながら、今でもごくりと唾を呑みこむことがある。

終の棲家

芦花公園

「手の施しようがありません」

こんなセリフは言わないです。私はまあ、そんなに臨床経験があるわけではないんですけど、ほかの先生方がそう言っているのも見たことがないですね。

確かに手の施しようがない患者さんっていらっしゃるんですよ。なんなら、何故スタッフが気付かなかったのかは謎ですけど、車いすに乗って来院された患者さんが、既に息を引き取っていた、なんてこともあります。

だとしても、人にそんなことは言えないですね。状態を正確に説明はしますけど、「手の施しようが」という表現は使いません。失礼ですから。

＊＊＊

内柴《うちしば》美和子《みわこ》さん（勿論仮名です）はもともと父の患者さんでした。たまたま、父の休診日に、どうも具合がよくないのでいらっしゃるということで、私が診ることになりました。

そのときまでお話ししたことはなかったんですが、美和子さんのことはよく存じておりました。

内柴家というのは、源氏の流れを汲む名家であり、今は分譲されて小さくなってしまいましたが、昔はそれはそれは大きなお屋敷があったんですよ。私も幼い頃に一部解体されるところを見ていたので、本当のことです。今では、さらに小さくなってしまって。まあ、普通の民家ってところですね。

内柴家が名家というのとは関係がなく、当院で美和子さんは有名ですよ。精神科の病名、勿論ついていますけど、書けませんよ。最近は差別的表現とか、うるさいんです。こちらに差別の意図なんてあるわけがないのにね。

その病気ですが、妄想やら幻覚がありまして、それで周囲の皆さんとの軋轢《あつれき》が生まれ、苦しむ方が多いんです。美和子さんはまさに、それで苦しんでおられました。いつもヘルパーさんに付き添われていらっしゃるんですが、まあ、激しいですよ。敵です。全員敵。

仕方がないんですけどね。病気ってそういうものですし。美和子さんの場合はそれが本当に強く出ていらっしゃるというだけで。

その病気にはもうひとつ、特徴的なことがありましてね、病識がない方が多いということです。ご自身がご病気だということを認識できないので、幻覚の類《たぐい》は全て本当だと、心から信じているんですよ。

だから、美和子さんの中では本当に全員敵なんです。皆、自分を害しようとしてくるし、自分への嫌がらせのために生きていると思っている。

ふつう、陰性症状といって、何もやる気が起きないというようなものもありますし、世間一般の持つ攻撃的、という偏見とは違って、無気力に近い穏やかさを持っている人の方が多いです。繰り返しますが、攻撃的な瞬間にしたって、ご病気なのですから、彼らに悪い印象を持つのはやめてほしい、ということだけは言わせていただきます。

美和子さんの場合は別ですね。「誰かに付きまとわれている」という典型的な妄想が原因で、常に激しい言葉を喚《わめ》き散らしておられました。暴言は、病気からではなく、元の人格の問題かもしれません。

スタッフへの暴力もすごかったですね。措置入院を何度もされているようです。自傷他害の恐れあり、と判断された患者さんは、本人の同意とは関係なく入院させる、そういう仕組みです。しかし、そうなったからと言って、長期間入院させてもらえるわけじゃないですからね。縛り付けておくわけにもいきませんし、どこの病院でも面倒を起こすだろう患者さんは入院を断られるわけです。

で、結局、ヘルパーさんを雇って、通院させる、という方針になったみたいです。

うちに精神科はないので正確には分かりませんが、向こうの先生は大変だと思いますよ。

先ほど、全員敵、と言いましたけど、唯一敵認定されていない人間がいました。うちの父です。父は確かに、特別優しい人間ですけど。

私は正直、そんな美和子さんを診療することになって、恐《おそ》れ戦《おのの》いていたんですが、お話をして、検査をして、というだけの日ですから、なんとかなるだろうと父に言われて。ただ、私が不憫《ふびん》だと思ったのか、あまり話を聞くな、とも言われましたけどね。

その日、美和子さんが来られたのはすぐに分かりました。

「嫌だー！　またついてくるよおー！」

遠くからでも聞こえてくる大きな声。

「来るな来るな来るな」

唾を飛ばして喚き散らす美和子さんを、大きな体の男性ヘルパーが抱えるようにし

ています。ああ、ダメかもしれない……心の中で絶望しながら、顔では笑顔を作って、

「内柴美和子さん、こんにちは」

不思議なことに美和子さんはその瞬間、憑《つ》き物が落ちたかのように大人しくなりました。男性ヘルパーは「おお」なんて言ってましたよ。私も驚きでした。私もまた、父のように特別だったんですね。

「こんにちは。あなたこの辺の方じゃないわね」

少しだけ、思い当たることはありました。私、台湾の大学を卒業していまして、研修も遠方の大学病院で済ませました。こちらに帰ってきたのは最近のことなんです。

「ええ、まあ、地元はこちらですが」

「よかった。あなたには、話せる」

美和子さんはそう言ったと思うと腕をぶん、と宙に放り出しました。男性ヘルパーの顔に腕が当たり、彼はうう、と声を漏らします。

あまりにも可哀想なので、ヘルパーには外で待ってもらうことにして、私は美和子さんの話を聞くことにしました。どちらにせよ美和子さんが最後の患者さんでしたし、長くなっても構わないと思いまして。

＊＊＊

昔、ここらじゅう一帯がうちのものでした。両親、兄姉、祖父母、曽祖母、それと使用人が何人かいて——いえ、そんなことはどうでもいいわね。とにかく、沢山部屋があった。

家に他人がいるのが普通、というの、信じられるかしら。そういうものだと思ってはいたけど、今になって思うと、ストレスだったかもしれないわね。ええ。使用人は使用人よ。家族ではありえないわ。

物心がついたときから違和感はあった。でも、ご家庭によって、常識は様々でしょう？

はっきりと、うちがおかしいとつきつけられたのは、私が八歳、おうちに、そのとき仲の良かった聡子《さとこ》ちゃんを呼んだときね。

誕生日でもなんでもない日よ。ただ、小学校の帰りに、遊びに行きたいと言われて。

母はお友達が家に来るのを嫌がる人で、兄が三人、姉が一人いたけれど、彼らのお友達が家に来たのを見たことはなかったわね。

どうして聡子ちゃんはよかったのか……私が駄々をこねたか何かでしょうね。

それでとにかく、聡子ちゃんが来たときにね、無二の日になったのよ。

無二の日は無二の日ですよ……そうね、つまり、使用人の一人が死んだ。

なぜ死んだのか、そんなの覚えてない。どうでもいいことだから。ただ、人が死んだら無二の日になるんですよ。それが当たり前——こういうふうに、勘違いしていたの、私は。

家じゅうが急にバタバタし始めた。

「美和子さん、こちらへいらっしゃい。お友達も」

私は大人しく母についていった。聡子ちゃんは何？　何があるの？　なんて騒いでいたけれどね。

使用人が用意してくれた服を着て、聡子ちゃんにもそれを着るように言って。

それで、家の人間が全員集まったら、歌を歌うのよ。

きょうはまびとせんせいのたんじょうび

まびとせんせいありがとう

まびとせんせいおやすみなさい
えいえんのきおく
えいえんのきおく
えいえんのきおく

そうやって歌ってからね、皆であるたに向かってお辞儀をするのよ。

そうすると、おおーんって鳴るでしょう。

そのあとは、お祝いね。人が死ぬと良いことがあるから、ご馳走を食べて、ありがとうございますって言うのよ。そのときは、私たちも、使用人も、関係がないわ。

それでその日は終わるはずだったんだけど、お祝いの席で聡子ちゃんが泣き出してしまってね。わけを聞くと、

「気持ち悪い」

と繰り返して、また泣くのよ。

無二の日のためのお洋服も、皆で歌う歌も、全部見たことも聞いたこともなくて、不気味だとか。

私、怒ってしまった。だって、私にとっては、家族の大事な日だったから——いい

え、でも、怒った理由はそれだけではないわね。私も、実際のところ、嫌だったのよ。人が死んで喜ぶような真似は。でも、嫌だとは言えなかった。小さい頃からそうだったから。それに、本当に、無二の日の後はすぐ、良いことがあるの。

具体的に言うと、お金が入ってくるわ。どこかの国で内戦が起きて、鉄鋼の需要が高まったり……もっとシンプルなものだと、宝くじに当たったりしたわね。

とにかく、思ったことをはっきり言える聡子ちゃんが妬《ねた》ましかったのね。ぽかぽかと叩《たた》きあって、ふと気が付くと、後ろに母が立ってた。母は常に淑《しと》やかだったけれど、それだけに怒らせてはいけない空気があった。絶対に怒られると思って足元がぞくぞくしたわ。

でも、母は怒っていなかった。どちらかというと、とても悲しそうな顔。

私が下品な振る舞いをしたから悲しませてしまったんだと思った。怒られるよりもずっと罪悪感があって、謝ろうとしたんだけれど、母は口を閉じろ、というようなジェスチャーをしたあと、言ったの。

「美和子さん、もう帰してあげましょう」

聡子ちゃんはべそをかきながら、うちの運転手に送られていった。

次の日学校へ行くと、聡子ちゃんはもう席についていたわ。

「昨日はごめんね」

そう声をかけると、ぎょっとした顔で私を見て、首だけうんうん、と縦に振るのよ。そのあと何を話しかけても生返事で、まるで、早くどこかへ消えてほしいとでも言うみたいに。

私もまた腹が立ってきて、聡子ちゃんと話すのはやめた。

でもね、やっぱり、仲良しのお友達だから、気になって目で追ってしまうのね。うん、私だけじゃない。その日は、他の子も、先生も、皆彼女を見ていたわ。

ずっときょろきょろしているのよ。座っていても、走っていても、お弁当のときも。

「菰田《こもだ》さん、よそ見しないの」

そんなふうに注意されても、一瞬姿勢を正すだけで、また元通りきょろきょろし始める。

それで、最後の授業——たしか、算数だった。そのとき、急に椅子を蹴り倒してね。

皆が聡子ちゃんに注目して、先生も駆け寄って行って。

「もうやだあ」

聡子ちゃんの口から絞り出すような声が出た。

先生が落ち着いて、と言って肩をさすっても、聡子ちゃんはぼろぼろと涙をこぼしながら、

「なんでついてくるの。もうやだよお」

そう言って、とうとう先生に抱き着いて顔を伏せたまま、動かなくなってしまった。

授業が中断されて、先生は聡子ちゃんをだっこしたまま、教室から出て行った。

聡子ちゃんの様子がおかしいのはうちのせいだ。そう思うのが自然でしょう。

でも不思議だった。私はそのとき、既《すで》に何回も無二の日を過ごしていたわけだけれど、一回もあんなふうにはならなかったから。

そのあと一週間くらい聡子ちゃんは学校に来なかった。先生は体調不良でお休みですって言ってたけれど、違うってことは分かっていた。

私、聡子ちゃんの夢を見るようになったのよ。

夢というのは、私が家の中でテレビを見ている夢よ。

うちには、カラーテレビがあったの。ほかの家にはなかったわね。

そのカラーテレビで、女性タレントが先生役になって、子供たちに色々なことを教

える番組がやっていて。名前は忘れたけれど、それ自体は、夢じゃなくて、本当にある番組なのよ。

夢の中で、その番組は小学生よりもっと小さい子向けの番組だから別のを見たいと思って、私はチャンネルを変えようとするんだけれど、そこでテレビの中の女性が、「鏡よ鏡よ鏡さん、みんなに会わせてくださいな、そーっと会わせてくださいな」

そう呪文を唱えるの。これは番組の終わりのあいさつで、本当にある現実の番組だとその呪文と一緒に鏡が消えて、女性がカメラ目線でお茶の間の子供たちにランダムに名前を呼び掛けて、「じゃ、さようなら」と言って終わるんだけれど。

夢の中だとそうはならなかった。呪文の後、

「あら聡子ちゃん」

女性が突然そう言ったの。

びくっとしたけれど、それくらいなら、ランダムで呼ばれた名前がたまたま「さとこ」だっただけ、って思えた。でもね。

いつまで経《た》っても、鏡が消えないし、女性はずっとカメラ目線なのね。カメラ目線というか、私のことを見ているように見えた。

チャンネルを変えたいし、目を瞑《つむ》りたい。でも、体はピクリとも動かなかった。瞬《まばた》

きもできなかった。

「聡子ちゃん」

女性がもう一度言うの。それで、拍手が聞こえてくるの。最初は不規則だったのが、だんだん揃っていって、パンパンパン、パンパンパン、って。

よく見ると、女性の顔も、本当にいるタレントさんとは違うことに気付くの。見たこともない女の人。綺麗な顔立ちなんだけれど、土色で。

後ろから声がした。

「えいえんのきおく」

聡子ちゃんの声だった。

振り向こうとして、目が覚める。

お母さま、と大声で叫んだわ。母でなくてもいい。とにかく、誰かに助けてほしくて。

しばらくすると、私は夢を見ていて、こちらが現実だということに気付くの。まだ空がうっすら白いくらいの時間で、叫んでも誰も来なかったから。

ほっとして、もう一度眠ろうとすると、

「えいえんのきおく」

ベッドの真横にあの女性が立っているの。

そこで意識がなくなったわ。怖すぎたのよ。一日だけなら耐えられた。聡子ちゃんの様子が変なのを見て、それで影響を受けてしまったんだって思うこともできた。

でも、一週間ずっと、同じ夢を見るのよ。最初は綺麗だった女の人の顔は、毎日どんどん膨れていった。土色の顔にね、網目みたいな模様が浮かんで、ところどころぷつぷつと切れていて、とても臭いのよ。髪も、薄いはずなのに、張り付いていてね。聡子ちゃん、と呼ぶ声は、段々歪《ゆが》んで……最後には、唸《うな》り声《ごえ》にしか聞こえなかった。

絶対に聡子ちゃんに何かがあった。そう確信した。

だから、勇気を出して、学校の帰りに聡子ちゃんの家に行こうと決めたの。母はいい顔をしなかったけれど、何度も頼んだら、運転手に、寄るだけよ、すぐに帰ってきて、と言った。

それでね、行くと決めた日の放課後のこと。私は駆け足で下駄箱のところへ行った。早く行かなきゃって。先生の総括もろくに聞かないで教室を飛び出したから一番乗りのはずだったんだけど、何故か先に人がいるのよ。

聡子ちゃんだった。

ぎょっとしたわ。無二の服を着ているんだもの。

「聡子ちゃん……？」

声をかけると、聡子ちゃんは近寄ってきた。私、気絶しそうだった。同じ顔をしているの、例の女性と。もちろん、顔立ちは違うんだけれど、笑っているような、恨んでいるような、そういう顔をしている。

「えいえんのきおくだから、さようなら」

縫いつけられたみたいに一歩も動けなかった。何もできなかったの。指さえ動かせなかった。

顔の膨れた聡子ちゃんが、ふらふらとした足取りで校門から出ていくのを見ていることしかできなかった。

想像の通りよ。聡子ちゃんは次の日死にました。

お葬式には行かせてもらえなかった。だって、その日、また無二の日になったから。

ええ、もちろん、使用人も、家族も、家の者は誰も死んでいない。

それでも歌を歌って、あるたにお辞儀をして、皆でお祝いをした。

その日もまた、おおーんと鳴った。私が夢で聞いた女性の唸り声にそっくりで——

怖かった。気付いてしまった。今回は、聡子ちゃんのための日。

お祝いが、いつもよりずっと盛大で、皆笑顔で。

私、聞いてしまったの。名前も知らない親戚の皆さんが、

「なるほど、誰でもいいんですなあ」

そう言っているのを。

子供ながらに、理解してしまった。頭の中で答えが出た気がした。

つまり、あるたというのは、私たちがお辞儀をしていたあるたというのは――

あの膨れた顔の女性はずっとあるたの中にいた。おおーんというのは、あの女性の声。

あるたの中にいたのだから、神様みたいなものだったんでしょうね。

人の死を――あるいは、人そのものを、食べているのかしら。それで、私たちは、幸福になっていた。

おおーん、とまた聞こえた。

「嬉《うれ》しそうですわねえ」

祖母の声だった。

「そうですねえ」

母の声だった。
二人とも、どろっとした顔をしているのよ。どうしたらいいのか分からなかったのよ。
もう、二人の顔なんて見られなかった。小さい頃の家族っていうのは世界の全て
家族が全く知らない人になってしまった。
でしょう？　世界で一人ぼっち、そういう気分だった。
でもそんな孤独感、どうでもいいものだった。その後の話に比べれば。
次の日から、家に人を頻繁に招くようになった。
それで、ああ——

＊＊＊

いいところだったんですけれどねえ。美和子さんは急に「ついてくるよぉ！　外にいるよぉ！」と始まってしまいまして——検査ねえ。なんとか、一部は終わらせましたけれど。

父には叱られましたよ。第一に、肝心の診療がおろそかになっては意味がないだろうって。正論です、反省ですね。

あと、美和子さんの話は正面から聞くなとあれほど言っただろう、と。父はどんな患者さんにも礼節を持って接していますから、こんな、ヤバい奴だから無視しろみたいなことは普段言わないのですが……ともあれ、殴られたり怒鳴られたりせず、終えることができたわけですから、私は満足でした。次回からはまた、父の患者さんになるので。

ところが、美和子さんの娘さんからお電話が入りまして、ぜひ私にまた担当してほしいと。本人が強く希望しているからと。

あまり良い趣味とは言えませんが、私は患者さんのこういう話を聞くの、嫌いじゃなかったんですよ。支離滅裂、と感じる人も多いでしょうが、実は少し違っていて、解釈の問題なんです。

アインシュタインの相対性理論にもありますね。客観的事実は一つだが、主観的事実は観測者の数だけ存在すると。

実際起こったことをどう解釈しているか、という話です。

事実、美和子さんが仰《おつしや》っていた、子供番組というのは実在するんですよ。鏡よ鏡――という番組の締めも、YouTubeで観ることができますよ。

「無二の日」だの「あるた」だのという意味不明な言葉にも、謎の儀式にも、必ず元があるはずです。私は推理小説を読む子供のように、それを読み解けないか――そんな風に思っていました。

まずすぐに分かったのは「あるた」ですね。あるた、という言葉は世界中にありますがね、これはおそらく「祭壇」を表す英語でしょうね。ALTAR。発音はどちらかというと「おるた」に近いはずですが、皆がそこに向かってお辞儀をしているわけですし、間違いないと思いますよ。

そこから「無二の日」ももしかして日本語ではないのかと考えました。思い当たるのはラテン語のmuniceps、市民という意味の単語です。municepsは、munia（義務）とcapio（取る）からくる言葉ですが、「義務の日」ということですか？　そうだとして、何の義務なのでしょう。保留にしました。

「永遠の記憶」についても少し心当たりがあります。

ドストエフスキーの『カラマーゾフの兄弟』を読んだことはありますか？

三男のアリョーシャが、葬式で「永遠の記憶」と唱えるシーンがあるんですよ。

『カラマーゾフの兄弟』の舞台はロシアで、ドストエフスキーもロシア人ですから、当然これはロシアの儀礼なんですね。調べたらすぐに出てきましたよ。「永遠の記憶」とはロシア正教の祈禱文で、死者の埋葬式で唱えられるもののようです。

さて、疑問は残るものの、これらの儀式は「死」を連想させると思いませんか？

昔から続く名家になぜ欧州の言葉や祈禱文が浸透しているのかは不明です。そこもまた、面白い。父に尋ねても、彼らが欧州と関わりがあったとか、そういった話は聞いたことがないと。

とりあえず、変わった形でお葬式をしていたというのは確かなんじゃないでしょうか。いいえ、子供ですから、お葬式自体、不気味で恐ろしいと感じるかも。

私も名前も知らない親戚の葬列に参加した夜、怖い夢を見ましてね。死んだ親戚が玄関に立って手招きしているという、妙にリアリティのある夢で、今でも思い出してはぞっとします。美和子さんの夢の話も、そのようなものだったのではないかと思います。単に、キリスト教の普通の葬儀を恐ろしく感じたとか。

次に美和子さんが来たのは一ヵ月後でした。

＊＊＊

お話、途中になってしまってごめんなさいね。

そう、家の話。家に沢山、人を招くようになった話。

それからどんどん、無二の日が増えていった。なぜって、招いた人が死ぬからよ。家に来て、それから死ねば、それは無二の日になってしまうの。私は参加したくなかった。黒くて、袖丈だけ妙に長い不気味な服ももう着たくなかった。あなたも参加すれば分かるわ。全員高らかにあんな歌を歌って。誕生日だなんて。

何よりも嫌だったのは、家族が全員おかしいこと。両親もきょうだいも、無二の日では俯《うつむ》いて、悲しげな表情を作っていたはずなのよ。私もそれに倣っていたのだから。

でもね、あの日から段々、違っていった。歌を歌っている最中に、ふーっふーっと息の音が聞こえてね、泣き声を押し殺しているのかな、きっと亡くなったのは大切な人だったのね、と思って見上げると、皆の口元が視界に入るのよ。

笑ってた。

笑いを堪えて、口元が震えていた。母だけじゃない。隣の姉も、誰も彼も参列者は皆同じ顔をして、肩を震わせているのよ。目は、見開いたまま。そっくりだったの。あの女性に。下駄箱で会った聡子ちやんに。

それにね、気付いてしまったのよ。もうあるたからはおおーんと音はしない。あの女性が、ただ、ついていくのね。勿論、綺麗な顔じゃないわよ。もう戻らない。ずっと、膨れた顔のまま、にやにやと笑っていて。

もうあるたには何もいないのよ。出てきてしまっていて、自由に動いている。思えば、聡子ちゃんにも見えていたのね。だから、ついてこないでって。

本当に怖くなって、下を向いていると、突然ぎゅうと手を握られたの。悲鳴も上げられなかった。母にバレてしまったんだ、母は、あれが見えていると分かってしまったんだ、そう思っていると、

「残念、お母さんじゃないよ」

確かに奇妙に歪んでいて、機械みたいな声だった。

「残念だね。もう終わりだからね」

恐怖に支配された頭の片隅で、終わりってどういう意味だろう。そんなことを考えていると、その声が少しだけ柔らかくなった。

「ごめんね、悲しいよね。人にうつせばいいよ」

人にうつす、やっぱり意味は分からなかったけど、その言葉だけ覚えている。その

うち、手を握られている感覚はなくなった。でも、ソレがいた証拠に、手が妙に生暖かくてね。

私の家族はもう駄目だと思いました。だから、無二の日には参加しないことにしたの。当然、責められた。罰当たりと言われて、頭がおかしいと罵られて、本邸からずっと離れた——ああ、そうね、ちょうど、ここの向いかもしれない。そこに建っていた、小さな、犬小屋みたいな家に押し込められて。でも、そんなこと気にしなかったわ。そんなこと、どうでもいいことだった。無二の日に参加しなくていいなら、それで。

大きく変わったことがある。それは、いいことが一つも起こらなくなったこと。むしろ、悪いことばかり。急に工場で出火したり、発癌《はつがん》性物質が検出されて、商品が回収になったり。貧すれば鈍するって本当なのよ。そのあたりから、家の中ではいつも言い争う声が聞こえていたわ。

それでもやめる、という選択肢はなかったみたい。あなた、株はやったことある？損切というらしいんですけど、そういうことができなかったみたいなの。いつかまた、いいことが起こるはずだと思っていたんでしょうね。でも、現実は残酷よ。どんどん人だけ死んでいく。無二の日のために、皆集まって、あの妙な服を着て、まびとせんせいのおたんじょうびを祝って、歌って、えいえんのきおくと唱える。でも、それだけ。

私は外に出られなかったけれど、音がするからね。無二の日が頻繁に行われていることは分かった。

それで、ある日ね、急に外に出された。

いつもは、鹿倉《かのくら》という女性が食事を運んだり、身の回りのお世話をしてくれたんだけどね、とても冷たい様子の、見たことのない男が小屋を開けてね。

「早く出てください」

と言うの。私が戸惑っていると、

「ここはもう取り壊すので。早く」

そんなふうに言うの。使用人の分際でそんな口の利き方をすることにとても驚いたわ。私がなんて言い方をするの、と抗議しても、鼻で笑うみたいな、そんな態度だった。

でもね、それは当たり前だった。気付いたら、もう私はとっくに成人していたの。

それでね、その男は、使用人なんかじゃなかったのよ。役所から来た人だった。

父の事業が傾いて、母の財産をかなり処分したということもその人から聞いた。それでもう、私が家族だと思っていた人たちは、どこにいるのか分からないんですって。

一番驚いたのは、私が結婚していたこと。名前も知らない、遠縁の親戚らしい男が、知らぬ間に内柴を名乗っていたのよ。私は、その「夫」に連れられて、本邸に戻った。

そこにはもう、懐かしの我が家はなかったわ。私がいた犬小屋みたいな家と同じくらいの大きさの家があるだけ。

「もう内柴は私たちしかいないんですよ」

そんなふうに言われました。それは、理解できた。

いたのよ。「夫」の後ろに、彼女が。とても楽しそうだった。そして、同じくらい、憎しみに塗《まみ》れた顔だった。

私は、「夫」と子供を作りました。なぜそうしたのか、分かる?

「夫」は一人で、無二の日をしていたわ。私を守るためだった。

歯車が狂い始めたのは聡子ちゃんからよね。つまり、本来は誰でもよくはなかったのよ。家の者じゃないと、彼女が、家の者、と定めた者でないと駄目だったの。気付いたときにはもう遅くて、家の者でも家の者じゃなくても、こちらに住んでいれば同じこと。本当に、誰でもよくなってしまったの。顔も膨れたまま、戻らないしね。

本当に、終わっていたのよ。

終わっていたけれど、なんとか「夫」は、私たちの順番が来ないようにしていたんだと思う。人にうつせば——分かるでしょう。

でも、限界があったのよね。

ある日、寝床に入ったら、ひぃぃ、ふうーって聞こえた。もう限界なんだ、彼の精神はぼろぼろになってしまったんだ、と哀れに思って、布団をめくったらね。

彼女がいたの。

丸まって、足をばたばたさせて、口を押さえて笑いを堪えていた。足にも網目の模様があったから、すぐに分かった。

私もなんだか、面白くなってしまって、二人で笑っていた。もう終わりだなって。

私もきっと、あの顔をしていたに違いないのよ。膨れて、土色で、目を濁らせて。

次の日、「夫」は死にました。

私は無二の日にしませんでした。分かっていたからよ。あれは何の意味もない。あれでは、うつせない、というか——無二の日はうつしてからやるものなのだわ。

話すだけでいいの。沢山の人に。そうしたら、彼女はついていくの。

もういいことなんて起こらないわよ。言ったでしょう、よその人を入れた時点でそれは終わったこと。今やっているのは、私の命を守る方法。

本当にごめんなさいね。ふふ。あきらめて頂戴。ここも元は私の家だったのだから、仕方がないでしょう。あはは。もう、ぎりぎりだったのよ。私の話を聞いてくれる若い人なんていないし、この辺りの人は皆知ってるし、だから、ごめんなさい、あなたで。ははは。

＊＊＊

美和子さんは最後の方、笑っていたなあ。その後は、憑き物が落ちたかのように、大人しくなりました。暴言も暴力もなし。

でね、その日、帰りの送迎バスの中でお亡くなりになりました。心臓突然死ですね。美和子さんは糖尿病で、かつ低血糖エピソード（血糖値が急激に下がりすぎることです。薬物による血糖コントロールが厳格な糖尿病患者さんに起こることがあります）が何回かありましたからね。これに関しては一連の話とは何も関係がないと思います。

ていうか、そのために、安らかに眠るためにこういう話をしたんだと思いますよ。腹が立ちますね。美和子さんの性格は腐ってますよ。

土色の膨れた顔の女なんて、もう美和子さんの話の最中に見えていたし、もう手遅れですけど、この辺の人は皆見えてるんですって。知らなかったなあ。早く言ってくれればよかったのに、ひどいですよね。最悪。美和子さんっていうより、内柴の家の人は皆腐ってるんでしょうね。まびとせんせいって、あれは自分たちのことじゃないですか。まびとというのは、死という意味なんですから。

義務とは言い得て妙だな。まびとは義務です、人間のね。まびとは、順番に、誰のところにも来るのに、そんなことしてもね。いっそ笑えてきます。笑うのを我慢するのが難しい。

父もね、笑いを堪えながら、ああ残念だった、もう駄目だったかと言うんです。膨れていましたよ。

仕方ないんです。相当、腐ってる。ここは彼らの家だったし、今も彼女の中ではそうなんでしょうから。

美和子さんの娘さんは佐和子《さわこ》さんというんですが、つい一昨日、佐和子さんもこちらに来られましたよ。彼女も糖尿病の患者です。遺伝性のね。

それでね、生前母がお世話になりました、と仰られて。実は私も先生にご相談があるんです、と。

「実は私もついて来られているんです」

彼女は俯いて、ひぃーっひぃーっと高い声を漏らしていました。私もです。面白くて。佐和子さんが美和子さんと同じ病気かというと、診断名はそうじゃないですか。たぶん私も病院に掛かればそう言われると思いますけど。

美和子さんがお子さんを作った理由、ご本人の口からは聞いてませんけど、もう分かるでしょう。

まあ、手の施しようがありませんね。ここに住んでいる以上、どなたも。

ところで、私がなんでこんな話を書いたか分かりますか。

ろろるいの家

平山夢明

い

『憶《おぼ》えてらっしゃいますか……』

深夜、締め切りに追われヘトヘトになっている処《ところ》へ電話があった。女性の声であり、全く聞き覚えがなかった。が、無下《むげ》に切ってしまうのは躊躇《ためら》われたので「ごめんなさい……ちょっと」と濁すと相手は電話口でくすりっと笑って名を告げた。然《しか》し、名前を告げられても未《いま》だ私には相手が誰なのか判然としなかった。すると其《そ》れを察したのであろう先方から『あの……のSです』と素姓を云《い》われ、反射的に「うわっ」と声が出た。「やあ、久しぶりですね。どうしてました？　心配しましたよ」『すみません。あの後、私、ちょっと病気になっちゃって……結局、いろいろあって……』そうなのだ。彼女の身に起きた事は尋常では無かったのだ。もう十年近く昔になるだろう。当時、連載していた実話怪談誌の目玉になるとワクワクしながらインタビュー原稿を仕上げ、いざ掲載許可を貰《もら》おうとしていた矢先、彼女からの連絡がぷっつりと切れてしまったのだ。『あの時は本当にすみませんでした』いえいえと口では云いながら私の胸の内にはドタキャンされた痛みとその後の編集部でのゴタゴタの苦さが甦《よみがえ》った。『あの……まだ怖い話、集めてらっしゃいますか？』「いえ。今はもう……」『そうですか。最近ようやく使って貰ってもいいかなって思ったので……ネットで連絡先を調べてご連絡差し上げたんです』「いいんですか？　使っても」『ええ。もう踏ん切りがついて、私も新しい生活を始めたので大丈夫です。でも実名は出さないで下さいね』「勿論《もちろん》です。それでは編集部から連絡させますので連絡先とご住所を……」Sさんは都内の住所を告げた。高級住宅地で有名なところだった。明日にでも知り合いの編集者に連絡をしようと思い、電話を切ろうとした処『あの……』と声が続いた。『こういう幽霊の話とかって聴いたり読んだりするだけで感染《うつ》ったりするものなんでしょうか？』「直接は知りませんが、稀《まれ》にあるようですよ。特に神罰系とかは」『……神罰』「ええ。神様とかですよね」

ろ

出版社のバイト君から地元の高校の同級生であるSさんを紹介されたのは彼女が未だ某私立大学の三年生の頃だった。名前を聞けば誰でも知っている様な、金持ちの坊ちゃんお嬢ちゃん学校であるのだがSさんは派手な処の一切無い、一見すると田舎の新米先生という感じだった。ファミレスの窓際のテーブルで黒縁眼鏡《めがね》の奥から覗《のぞ》く緊張した眼差《まなざ》しが印象的だった。実は彼女が最近、奇妙な経験をしたというのである。それを相談されたバイト君が当時、実話怪談のネタ集めに奔走していた私に連絡を取ってはどうですかと云ってくれたのである。「あの……ふたつだけ条件があります」彼女は掲載原稿のチェックを要求し自分が許可するまで掲載しないで欲しいと云った。内容にも依《よ》るが斯《こ》うした事は別段問題ではなかった。良いですよと即答すると彼女はノートを私の目の前に広げた。その白い頁《ページ》に一筆〈誓約書〉を書けというのである。当時、ネタに詰まっていた私は背に腹は替えられぬと承諾したのだが、正直な処、斯う云う手合いにはショボネタが多い。包装紙ばかりが立派だが中身は何処《どこ》かで聞いた様な既視感たっぷりなネタだったりもする。が、Sさんには其の種の人間が発する臭味《くさみ》が一切無かった。私は期待して、ICレコーダーを回した。彼女は「まだ終わってないんです……」と前置きしながら始めた。

＊

W家と云った。高額な家庭教師代を保証するという話を聞き付けSさんが応募した家の名である。数人の応募があったという事だったが無事にご両親の面接に合格した彼女はW家の長女であるKちゃんの家庭教師になった。Kちゃんは中学三年生で翌年に高校受験を控えていた。W家は共に四十代の官庁に勤める父と専業主婦の母、Kちゃん、そして十歳離れた弟の四人暮らしであった。通常の家庭教師代の倍は時間給が付いたのだが、其処《そこ》にはカラクリがあったという。

「変な条件だったんです。家庭教師代の半分はKちゃんの受験日まで預かると云うんです。つまり実際に渡されるのは半分だけ」

父親は更に第一志望に合格すればボーナスとして五十万出すとオファーしてきた。

「と云う事は頑張って来年の春までやれば、かなりまとまったお金が入るし。志望校に合格させれば更に其の上が貰えると云うんです」

元々受け取れる額だけでも相場を超えていた。Sさんは快諾した。

「Kちゃんはちょっと日本人離れしたハーフっぽい顔立ちの子でした」

授業は午後六時から週に三回。平日が二回と土日のどちらか、予備校の特講がない日になった。Kちゃんは頭のよい子で集中力もあった。予備校の模試の結果を見ると数学が強い。「此《これ》なら第一志望も夢じゃ無いと思いましたね」そんな中、家庭教師を始めて数日経《た》った頃、不意にKちゃんが問題集を見ながら「先生、ちょっと変だと思ったでしょ、ウチの家」と云った。どういうこと？　と訊《き》くと「だって春まで家庭教師のお金、半分預かるとか」あ、そんな事まで知っているんだとSさんがハッとしている胸の内を見透かす様にKちゃんは含み笑いをし「あのね、教えてあげようか……」と云った。「ウチの家、なんか変だから先生すぐに辞めちゃうの。だからパパとママが考えたんだと思う」とまたクックと笑った。「なにかあったの？」と訊くと「別に私が可怪《おか》しいとかじゃないの。でも何となく先生、来なくなっちゃうの。前の先生は何か引《ひ》っ掻《か》く音が凄くするって云ってたら来なくなっちゃった」

実はSさんにも少し前から聞こえていたのだという。

「カリカリって爪で引っ掻く様な音がするんで最初は鼠《ねずみ》かなって思ったんですけれど。まだ新しい家ですし、そんなのが住み着く筈《はず》はないと不思議に思ってました」音は壁から始まり、天井や床にまで広がったという。奇妙な経験は其れだけでは無かった。

「実家の母親と電話していたら、突然、コラーってて怒鳴られたんです。吃驚《びっくり》して、どうしたの急に大声出して？　って訊くと、あんた男連れこんどるじゃろ！　って」いるわけないでしょ！　莫迦《ばか》な事云わないでよ！　と逆に怒鳴り返すと、いつにない娘の態度に母は我に返ったかの様に『ごめんごめん』と謝った。「落ち着いて訊いたら、男の声がしたんだそうです。最初はぶつぶつ聞こえてるだけだったからTVだろうと思ってたそうなんですけれど、急に声が大きくなって……」

――こいつはオレのものだ、と云ったのだという。

数日後、Sさんはまた奇妙な体験をW家でする。

「Kちゃんの部屋は二階でリビングダイニングに降りた時なんですけれど」

母親と弟はソファでTVを見ていた。ジュースを貰う為に冷蔵庫を開けると〈妙なしゃっくり〉が聞こえた。それは閉じても続いたという。

「蛙《かえる》の鳴き声としゃっくりが輪唱してるみたいな感じで……」音はSさんだけにしか

聞こえないらしく不審そうにしている彼女にお母さんは〈どうしたの？〉とでも云う様に微笑《ほほえ》んできたという。彼女は「なんでもありません」と笑って部屋に戻った。

「先生、ウチから帰って軀痒《からだかゆ》くなる？」Kちゃんが不意にそんな事を云った。訊くとお母さんが夜中に軀が痒くて眠れないと困っているのだという。ダニでも湧いたのではないかと心配したお父さんが業者を呼んだのだがそれらしいものはおらず、医者に行っても原因は不明だと云われて困惑しているのだという。

「で、その話をしている最中に」

——引っ掻く音が始まった。かりっかりっかりっと其れは部屋の中を移動して行った。

「自分が目で音を追っていると、ふとKちゃんの事が気になって」見ると彼女はテキストを睨《にら》んだまま凝《じ》っとしているのだという。音は天井から壁へ、そしてKちゃんとSさんの近くにまで寄ってきた。「聞こえる？」思わずそう尋ねるとKちゃんは頭を激しく振ってこう云った。「先生！　ここ、私の部屋だよ。私、ここに住んでるんだよ！」

「ハッと胸を突かれた思いでした。そうなんだ。私は授業が終われば帰れるけれど、此《こ》の子には此所《ここ》しか居る場所がないんだって」Sさんは「ごめんねごめんね」と謝った。Kちゃんが「怖い」と云ってしがみついてきた。「やめないでね！　先生！　またひとりになっちゃうから！」「大丈夫大丈夫。受験までちゃんといるから！」然《そ》う云ったふたりの前でKちゃんの机の端に載っていた水槽の魚が一匹、また一匹と腹を見せて浮かび、アッという間に全滅したのだという。「彼女、その時、家の事を少し話してくれたんです」Kちゃんによると今の家は新築ではなく、実は結婚するまでお父さんが両親（Kちゃんの祖父母）と住んでいた家なのだという。祖父母が亡くなったのを機にリフォームして都心の官舎から引っ越したのだという。「此所はパパの思い出の家だから、あまり変な風に考えたくないの。そんな事したらパパが可哀想《かわいそう》だから」彼女はそう付け加えたという。

は

「それから暫《しばら》くは何事もなかったんですが……」或《あ》る夜、授業後の夕食に呼ばれ、そろそろ帰ろうとなった時、お父さんも居たのでみんなで記念写真を撮ったのだという。Sさんも自分の携帯でW家を撮った。「でも一枚目が変だったんで、二度撮ったんです」Kちゃんと弟が見せて見せてというので見せたのは二回目の写真だった。

「何が変だったの？」

「なんか黒い影が上から伸びて、並んでいるみんなを摑《つか》まえようとしてるみたいだったんです」

実際、私も確認させて貰ったが確かにテーブルを囲んで和やかに微笑む家族の頭上に何かが垂れ下がっているようにも見えた。勿論、二枚目にそんな影はない。

そんなある日、『先生！　今日、来たら吃驚する事があるよ！』とKちゃんからメールがあった。『何かあったの？』と送っても、笑顔とピースサインの写メが返ってきただけだった。

「先生！」チャイムを押すと同時にKちゃんがドアを開けた。満面の笑みであった。

「彼女は私の手を摑むとずっと廊下を進んで庭のほうを指さして、見て！　あれ！と云ったんです」狭い庭の端に犬が居た。「秋田犬の雑種だったんですけれどお父さんの知り合いのお子さんにアレルギーが出たというので貰ってくれないかと頼まれたそうなんです」実際、W家ではただでさえ受験生を抱えて家庭内がぴりぴりする時期でもあり、少しは安心できる空気を作っておきたいという親心もあったのではとSさんは云った。「それに」とSさんは付け加えた。「お母さんの軀《からだ》の痒みが全然良くならなかったんです」痒い痒いと云っていたお母さんは医者の処方する薬以外にも、漢方薬などいろいろと試していたのだが一向に改善せず、手足には包帯、顔にも絆創膏《ばんそうこう》を貼る様な事態になっていた。「流石《さすが》に私の前ではなかったんですが……」Kちゃん曰《いわ》く、そっとリビングに降りた時など、軀を掻《か》き毟《むし》っている姿を何度も目撃したという。そんな家の空気を変えようというお父さんの気持ちもあったのだろう。実際、犬が来てからは家がパッと明るくなったようにSさんも感じたという。満一歳だというが、其の犬には新しい名前が付けられた。「Kちゃんはルイが良いって云ったんですが、弟くんはロロって付けちゃって」互いに譲らない。仕方が無いのでご両親は犬をロロルイと呼んでいたという。「良かったなあって。これで気持ちも安定して、もっと勉強に身が入るって期待していたんですけど……」次に行くとロロルイは犬小屋の中に入ったまま顔を見せなかったという。「Kちゃんに訊くと少し前から夜鳴きが酷《ひど》くなって近所迷惑だからってお父さんが叩いたりしたんだそうです。そしたら怯《おび》えてすっかり顔を見せなくなっちゃったみたいで」心配したKちゃんや弟が餌を持って行っても人が居ると出てこない。無理に手を伸ばすと嚙《か》み付《つ》かんばかりに唸《うな》るのだという。そして其の日、授業が終わって晩ご飯を母と子供二人、Sさんの四人で食べているとトイレに立ったKちゃんが悲鳴を上げた。「見ると廊下で彼女、蹲《つくば》って泣いてるんです。どうしたのって駆け寄ると庭を指さして」Kちゃんが指したのは犬小屋だった。其処でロロルイが此方に顔を向けて横になっていた。長い舌がだらりと口から溢《あふ》れ、目は見開いたままだった。全員、凍り付いたまま動けなかった——犬は小屋脇の杭《くい》に繋《つな》がれた鎖を首に巻き付け、窒息死していたのである。「流石の私も怖くなってきて、本気で辞めようかとも思ったんですけれど……」やはりKちゃんの〈やめないでね、先生〉という言葉を思い出すと決心が付かなかった。そんな時、従兄弟《いとこ》が結婚すると聞いていたので週末に帰省する事にした。短期間でも実家に戻り気分が変われば、また新たな気持ちで家庭教師を頑張れると思ったのだという。式は無事に終わり、翌日、地元の同級生と逢《あ》うことになった。「みんな女子ばかり四人で。母校の中学校へ行ったり、いつも寄り道してた甘味屋でソフトクリームを食べたりして、最後は居酒屋からカラオケに行きました」するとカラオケでSさんが唄《うた》おうとするとマイクの調子がおかしくなったという。「ハウリングっていうか、雑音なんですけれど。店の人に来て貰って直らないからって別の部屋に移動したんです」然し、其処でも同じ現象が起こった。「みんなは気を使ってくれて何でもないから唄いなって云ってくれるんです」それで再チャレンジしたのだが途中で声が男の様に成り、しかも歌が終わってからもスピーカーからブツブツと暗い声が聞こえてきた。誰からともなく帰ろうという事になり、ひとりふたりと家路へ別れた。「最後に残ったのが私とNちゃんだったんですけれど、彼女が少し見える人なんですね。お母さんの家系が代々、神社の神主さんをしていた関係だと思うんですけれど……」Nさんは別れ際、Sさんに『今、なにか関わってる事があったら止《よ》しな』と云った。『なにが？』と訊くと『凄く怖くて悪いものが寄ってきてる。カラオケに居たのは死霊だよ』と云った。普段から然《そ》う云った冗談は云わない子なのでSさんはゾッとした。『あんた死ぬよ』『そんなこと……怖い事云わないでよ』Sさんが必死になって誤魔化《ごまか》そうとするとNさんが『ろろるいって何？』と突然、云ったのだという。彼女が顔色を変えるとカラオケでずっと男の暗い声で聞こえていたとNさんは云った。『あんた達はオレのものだとも云ってた。こいつもともと人間でもないよ。違う何かだ』

に

Sさんの元にKちゃんの弟が入院したと連絡があったのは東京に戻ってきて最初の家庭教師の日だった。「お母さんが凄くパニクってて。今日は頼めますか？　って云うんです。お願いしますって。お父さんは出張らしくてKちゃんがひとりなんですって、早めに帰りますから其れ迄、娘を見ててください割り増ししますからって……」玄関に顔を見せたKちゃんは酷く疲れた顔をしていた。「それに家の雰囲気が物凄《ものすご》く暗くて、どんより重いんです。家の中も窓は開いてるのに空気が薄い気がして」それに厭《いや》な臭いとあの奇妙な蛙の声としゃっくりの混じった音が何処かからしているのだという。大変だったねと声を掛けるとKちゃんは首を振って小さく大丈夫と応えた。然し、Sさんは部屋の壁を見て息を吞《の》んだ。一面に爪で搔いた様な痕が残っていたのだ。「これなに？」「わかんない。気がつくと一杯付いてた」とKちゃんは弱々しく応えた。彼女によると夕方、親子三人でリビングでTVを見て、たわいのない話に興じていたのだという。「そしたらあの子がジュースを吞みに冷蔵庫のところへ行って、自分でコップに注いでテーブルで吞んでたんです」弟は其の儘《まま》、固まってしまったのだという。いつまでも吞み終えない息子の様子を見に行ったお母さんは最初は『なにふざけてんの、莫迦ねえ』と苦笑交じりだったという。其の声はKちゃんも聞いていた。が、すぐに『大変！　ねえ！　どうしたの！　返事しなさい！』という絶叫に変わった。見ると椅子の上で宙を見つめたまま弟くんは何の反応もしなくなってしまったのだという。即座に救急車が呼ばれた。病院ではCT、レントゲンを始め、様々な検査がされたが医者から遂に原因を知らされる事はなかった。取《と》り敢《あ》えず入院して下さいとだけ告げられ、お母さんはSさんに電話をしてきたのであった。「Kちゃん、弟くんの姿を携帯で撮っていて見せてくれました」其れに依ると弟は体育座りの格好でベッドに乗ったまま虚《うつ》ろな表情をこちらに向けていた。ただその写真のなかでは右手を斜め上方に差し出していた。軽く握られた拳《こぶし》は親指と小指を付けていたという。Kちゃんは、弟は病室に入って暫くすると此のポーズを取る様になったとSさんに説明した。「お母さんからはKちゃんの事を頼まれていたし、本来なら勉強をして待たないといけなかったんでしょうけれど……」当然の事ながら、勉強に集中する事は不可能だった。ふたりは溜息を吐いたり、時折当たり障りの無い話をしていたが、そのうちに話す事も無くなってしまった。Sさんは少しでも気を紛らわせようとココアを作ることにした。リビングに併設されたキッチンでお菓子とココアの用意をしていると、「またあの音が聞こえたんです。あのしゃっくりと蛙の鳴く様な音が……」しかし、相変わらずどこからしているのかは見当も付かなかった。部屋に戻ると机に俯《うつぶ》せていたKちゃんが顔を上げ「ウチの家、どうなっちゃうんだろう……」と、ぽつりと呟《つぶや》いた。そして「先生、やっぱり此の家、呪われてるよ」と云った。「私、吃驚して。思わずそんな事ないよ！って云ったんです。そしたら……」Kちゃんは奇妙な笑みを浮かべ実は自分はこっそり此の家の事を調べてたんだよと云った。Kちゃんによると W家は戦前から同じ場所に住み続けているのだという。そして此の家のある土地は「確かに呪われてるのよ」と彼女は断言した。「昔、此所は凄く人が死んだり、埋められたりした場所なんだって」彼女は中学校の教師を始め、土地を知る様々な人に会っていたらしい。「それでね。先生にお願いがあるんだ」「なに？」Kちゃんは机の引き出しから木箱を取り出した。中には古い資料の類いが詰まっていて、なかには過去帳や文書のコピーまであった。「どうしたのこれ？」「色んな人に訊いて少しずつ集めたの。でも一番多いのは神社のやつ。全部コピーしたのよ」と彼女は隣町にある神社の名前を云った。「これ、読んできて。私も読もうとしたんだけど、旧《ふる》い字ばっかりで難しくって読めないんだ」「でも、先生だってこれは難しいよ」「大丈夫。お願い」Kちゃんは然う云って手を合わせた。Sさんは無下に断ることが出来無かった。「其の夜、お母さんが帰宅したのは午後十時近くになってからでした」Sさんは断ったのだがお母さんは、彼女がKちゃんと居てくれたのを殊の外、感謝し、わざわざタクシーを呼んでSさんの部屋まで帰らせてくれたのだという。そこまで云うとS

さんはちょっと考え込んだ。「なにか云い足りない事でもありますか？」と訊くと彼女は此は心霊とかとは全く関係ないし、思い違いかも知れないんだけれどと前置きしてから告げた。「タクシーが家から離れて振り返った時、私、確かにお父さんを見たんです」夜目で間違いかとも思ったのだが、確かにKちゃんの父親だったと彼女は確信を持っていた。いつも着ているスーツ姿の人物が月光に白々と照らされているW家の屋根にへばり付いていたのだという。「まるで蛙が叩き付けられた様な感じで貼り付いていたんです」男はまるでSさんが気づいたのを知っているかの様に彼女に向かって軽く手を振ったという。「あの顔は絶対にお父さんに違いありません」

ほ

持って帰っては来たもののKちゃんの資料はやはりSさんの手には負えなかった。「仕方なく先輩を通じて教授を紹介して貰ったんです」その教授は偏屈で知られているので期待しないでくれと云われたのだが、予想に反して教授はとても関心を示し、彼女に詳しく説明をしてくれたのだという。『あなた、これは歴史的資料としても第一級品ですよ』とその老教授は興奮を隠そうともせずに云った。「その教授は日本の神道についての研究者でもありました。それが幸いしたのかも知れません」彼は話を聴こうとするSさんに『さて説明する前にひと言云っておきます。私はこの資料の真《しん》贋《がん》についての責任は負いません。また此《これ》から説明するのは完全に個人的な意見であって何の根拠もないことを憶えておいて下さい。そして……』と教授は言葉を句切ってから続けた。『此の事でどんなことが起きたとしても私は一切責任を負いませんし、あなたと逢ったこと、資料を見せられたことも否定します。いいですね？』Sさんが頷くと教授は『よろしい』と云って始めた。

資料に依るとW家の在る場所は現在、栄登町《えとちょう》と成っているのだが、江戸時代まではゑ土《えど》と呼ばれる湿地帯だった。集落の歴史は更に古く遡《さかのぼ》り、室町後期まで辿《たど》る事が出来た。と云うのも多少のズレは在りつつも同じ町内に四宇《しう》の神社が江戸前期にほぼ同時に創建されており文書に当時の様子や由来が記されているからである。湿地帯が埋め立てられ宅地として利用され始めたのは戦前の事であった。W家は其の当時から代々住み続けていた事に成る。また郷土史のコピーに依ると栄登町の以前の名称である〈ゑ土〉は〈穢土《えど》〉が正しいという。此は文字通り〈穢《けが》れた土地〉を表す。穢土は室町以前より盗賊、追《お》い剝《は》ぎ、夜盗の巣であった。街道を行く人々を老若男女構わず、集団で襲っては金品を、生命を奪って口を糊《のり》する獣《けだもの》たちが棲《す》まう場だった。彼らは被害者の死体を湿地帯に投げ込むのが常だった。底無しの泥の海は其の骸《むくろ》のみならず、無辜《むこ》の人々の恨みや悲嘆、憎しみをも易々と丸呑《まるの》みにした。やがて役人らによる大規模な粛正が始まると犯罪者達は捕らえられ、処刑された。そして彼らの亡骸《なきがら》もまた残らず『穢土』に葬られた。穢れや悪因念は穢土に捨てよ、が近隣村の合い言葉であったるが如《ごと》くに穢土は投げ込み場所の代名詞となって地域の呪いや怨恨、人間の妄念や執念を呑み込み肥大した。が、治世が江戸に成った頃より地域で流行病《はやりやまい》、火災、家族間での殺人が多発した。特に人々を戦慄《せんりつ》させたのは突如として始まった『はたうず』である。〈はた〉とはバッタを指し、此が巨大な渦の如くになって度々、一帯を襲う所謂《いわゆる》、飛蝗《ひこう》禍《か》である。数億とも云えるバッタが農作物を喰《く》い荒らし、人々は忽《たち》ちの内に飢え果て、家畜を殺し、仕舞《しま》いには人まで襲った。『特に穢土では酷《ひど》い話が残っています。家族の中で要らない子供を闇夜の晩に背負って出、村の辻《つじ》で同じように背負ってきた者と背負子《しょいこ》を交換し、戻っては籠の中の子を家族で喰らったのです。誰にも行き当たらなかった場合には其の儘、帰宅し、我が子を喰った例もあるそうです』斯うしたことを憂いた村役達が知恵を絞り、穢土の怨霊を鎮撫する意味で創建されたのが資料元の神社であると云う。『全国でも例が無いと思われるのが此の点です』と教授は云った。『当時の庄屋などは余程、穢圡を恐れていたのでしょうし、また湿地帯である穢圡に神社を直接創建することは叶《かな》わなかった。そこで穢圡の東西南北に神社を造り、神力を集中させて結界としたのです。現在でも其れらの神社は残っており、穢圡を封ずる役目を果たしていると思われます。然し、其れでも凶事が重なると村落では神事を執り行い、人柱を立てたようです。つまり、穢圡に生《い》け贄《にえ》を捧《ささ》げたのです。其れらを土地の者は〈ろろるい〉と呼んでいました』Sさんは絶句した。「私、吃驚しちゃって、先生、本当ですか？　って訊き返したんです」教授は頷いた。『何も難しいことではありません』と彼は立ち上がり黒板に〈呪い〉と書いた。『ひらがなもカタカナも成立したのは平安時代。〈呪〉は〈咒〉であり、〈呪〉は般若心経でも真言《マントラ》の訳語として使われているように古くから日本に入ってきています。〈ろろるい〉は〈ロロルイ〉。つまり呪いという漢字を分解し、忌み言葉とすることで良心の呵責《かしやく》を和らげようとしたのです』

へ

次の授業の日、Sさんは資料を持ってKちゃんの家に向かっていた。「お父さんの事が気になってKちゃんに訊いたんですけれど」彼女に依るとお父さんは翌日、帰宅途中に、駅からその足で病院へ見舞いに行ったのだという。「別に何の変わった様子もないということでした。もしかしたら屋根の上の人は見間違いだったのかもしれません」其の日もご両親は病院に居て、授業の終わり頃に戻るという話だった。Kちゃんの家に着くと「あの」と声を掛けられた。見ると中年の女が立って居る。「あなた、こちらの人？」「いいえ。私は家庭教師です」「あら、そう。それならよかった。ちょっと貸してくれないかしら」「え？」女は優しく微笑んでいる。それが逆に怖かったという。「見た目は普通の主婦のような人だったので、急に何を云ってるんだろうって」Sさんが答えに窮していると女は彼女の腕にしがみついてきた。「少しで良いんだけど」「あのちょっとわからないんで。困ります！」Sさんは腕を振り払う様にして離れるとW家に逃げ込んだ。「あの人、昨日から居るの。警察も呼んだんだけど、また来て」窓から玄関前に佇《たたず》んでいる女を見て、Kちゃんは顔を顰《しか》めた。「近所の人？」「全然。見たこと無い、あんなオバサン。で、先生？　何かわかった？」「うん。あのね……」とSさんは教授から聴いた話をKちゃんに伝えた。聴き終えたKちゃんは唇を真一文字にしたまま何事かを考え込んでいた。そして突然、立ち上がると「先生一緒に来て」と部屋を飛び出した。「玄関はダメ、あの人が居るから。裏からね」とW家の今はもう使っていない勝手口から外に出ると足早に歩き始めた。「着いたのは神社でした。そうです。あの穢土の結界のひとつでした」Kちゃんが振り返るまでもなくSさんは言葉を失っていた。鳥居の向こう、本来ならば、あるはずの本殿、拝殿など一切の社殿が消え、瓦礫《がれき》が堆《うずたか》く積もっていた。「……去年の豪雨の時の洪水で壊れちゃったの。先生の云う四つの神社で此所だけが被害に遭ったのよ。ウチで、どんどん変な事が起きるのは屹度《きっと》、守ってくれるはずの結界が壊れちゃったからなんだ」Sさんは口ではそんな事ないよと云い、続けて「とにかくKちゃんはそんな事は心配しないで。受験に集中してお父さんとお母さんを喜ばせてあげるのが一番の親孝行になるんじゃない？」と、付け加えたのだが無力感で苛《さいな》まれる思いだった。其れでも帰宅し、玄関のドアを開けたKちゃんが「そうだよね。私が頑張らなくっちゃ」と云ってくれたのが、せめてもの救いだった。が、廊下を進んだ時、耳にしたことのないKちゃんの悲鳴に総毛立った。リビングと隣接する四畳半の鴨居《かもい》に——人が揺れていた。あの中年の女だった。細引きで惨《むご》く引き絞られた首は、やや傾《かし》げられ、軀は薄く揺れながら、動かぬ目でふたりを睨み付けていた。「その時、音がしたんです」縊《くび》れた喉から肺に残った空気が逃げ出そうとする音だった——グェッヒクッグェッヒクッ——。「女性は精神科の通院歴のある人で警察によると家族からも捜索願が出ていたそうなんです。K県からわざわざ来たみたいで、町に知り合いがいる様子はなかったそうです」

と

「流石の私も死体を見るなんて生まれて初めてで本当に参ってしまって……」Sさんは暫く家庭教師を休もうと考えていた。「実の処、私も凄く体調が悪くて。朝起きられないし、眠れないしで勉強もガタガタでした。留年するんじゃないかって本気で心配してたほどで……」Sさんは Kちゃんのお母さんに連絡すると其の月の残りを休ませて欲しいと告げた。「事情が事情だけにお母さんも納得してくれました。けど、辞めないで下さいねと強く念を押されました。現実問題としてその時期に家庭教師を替えるという事は選択肢としてもありえなかったので、私は承知しましたと答えました」休んでいる間もKちゃんからのメールには返事を欠かすことはなかった。何かあってはいけないという思いもあったが、勉強の質問には答えたいと願っていたからでもあった。そんな或る日の夕方。Kちゃんから、昨夜弟が心肺停止の状態に陥ったとメールが来た。驚いて電話をすると危機は脱したが、後遺症が残るかも知れないという医師の話で両親は酷く落ち込んでしまったという。『それでね、先生』とKちゃんは続けた。『私、みんなで帰ってきてから先生に調べて貰ったことをパパとママに話したの。そしたら二人とも絶対にそれが原因だって云って、もしかしたら受験が終わったら引っ越しできるかもしれないの』Kちゃんの声が弾んでいた。「本当なの？」『うん！　パパが、今よりも少し遠くなるけれど官舎でも戸建ての物件があって払い下げて貰えるんだって。だから此所から出られる！』Sさんは自分の事の様に「よかったね」を繰り返していた。『それでね。私、攻略法を見つけたの』「攻略法？」『うん。先生にも手伝って欲しい。今夜、来て！』とKちゃんは無理矢理《むりやり》、Sさんに承諾させると電話を切った。「その日は本来なら家庭教師の日だったこともあって、私は出掛けることにしました」処がその日に限って携帯を家に忘れる。慌てて駅に引き返すと今度は人身事故で電車は大幅に遅延し、振り替えも儘ならず「おまけに実家の母から何度も携帯に電話が掛かってきて折り返したんですけれど電波の状態が悪いのか何度掛けてもちゃんと繋がらないんです」その為、Sさんは何度も駅に降りて掛け直さねばならなかったのだという。結局、漸《ようや》くW家のある駅に着いたのは普段ならそろそろ授業が終わる頃だった。「まあ、その日は授業をする予定はなかったし、折角《せっかく》来たんだからとKちゃん家《ち》に行きました。もう九時はすぎていたかもしれません」W家に着くや否やKちゃんは彼女を部屋に引き入れた。「其の時、ちょっと……」家の中の空気がスッキリしているのを感じたという。「それに室内もいつもより明るいんです」両親は相変わらず不在だったが、Kちゃんも妙に明るく見えた。「先生、此なんだと思う？」彼女は古い木箱を取り出すと蓋を開けた。小さな木彫りの仏像があった。「どうしたの？」と訊くとKちゃんは「借りてきた」と云った。「どこからこんなものを借りてきたの？　と訊くとKちゃんはあの四つの内の残った神社のひとつからだと云うんです」驚くSさんにKちゃんは弟の具合が良くならないので他の神社にも色々と訊いて回ることにしたのだという。すると南の神社の宮司《ぐうじ》が殊の外、彼女の家の事情を気の毒がってくれたのだという。「其の宮司さんね。其れは全部自分たちのせいだって云って。魔の祓い方を教えてくれたの」Kちゃんはノートに方位を書き、その西に×を付けた。「これが壊れちゃった神社ね。真ん中が私の家。それで本当は此の仏像を一年ごとにバトンみたいに送り渡していくんだって。其れができなくなっちゃったのね」「其れは判るけど。でも其れは神社でやるから効果があるんじゃない？」「ううん。宮司さんが云うには一番効果があるのは穢土の中心でやることなんだって。でも此所には家が建ってるし、わざわざそんな事をしに、やって来る事もできないから神社だけで封印してたんだって」Kちゃんは然う云うとノートの別の頁を開いた。其処には細かい儀式のやり方が順番に沿って箇条書きされていた。Sさんが顔を上げるとKちゃんが頷いた。「パパとママは了解済みよ。毎年、儀式が行われた日は今日なの」

ち

「儀式、正確には祓魔《ふつま》の儀は丑三《うしみ》つ時《どき》から始まりました」既に全てを聞かされていたご両親は帰ってくるとすぐにリビングで支度に掛かったのだという。「W家は偶然にも部屋の四隅がぴったり四つの神社の方角を向いていたのです」お父さんが四隅に其《そ》れ其《ぞ》れの神社のお札を貼る。床の真ん中に小さな蠟燭《ろうそく》を用意した。「方法は凄く簡単で祓魔の本尊を持って四隅を順番にみんなで回るだけで良いそうなんです」準備が済むとSさんとKちゃんは仮眠を取った。お母さんに起こされた時には既に午前二時十五分前だった。お父さんが説明した。「本当に莫迦莫迦しい事だけれども、今は藁《わら》をも摑む思いです。先生も巻き込んでしまって本当に申し訳ないけれど祓魔が成功し、息子が全快した暁《あかつき》には別に五十万お支払いしますのでご協力のほどを宜しくお願いします」と頭を下げた。「方法は始めは東にわたし、南にお母さん、西に先生、北にKちゃんの其れ其れが隅に待機。わたしから仏像をバトンしていくから受け取った人は次の隅に行きバトンを渡す。バトンされた人は次の人に渡したら、その場にしゃがみ、次のバトンが来るのを待つ。これを夜が明けるまで続けることで祓魔成就とします。渡すときの合図として必ず相手の肩を叩くこと。また移動中は物音を立てない様に静かに、速やかに移動すること。そして何があっても口を利いてはいけない。以上です」お父さんの言葉を合図に四人は其れ其れ指定された場所に着いた。部屋は中央に小さな蠟燭があるだけで手元さえおぼつかぬ暗闇であった。Sさんの背後でお母さんが「まるで山小屋の一夜ね」と呟いた途端、お父さんが短く「あっ」と云った。「しまった！　これはローシュタインの回廊じゃないか。無理だ」「どうしたのよ、あなた」「ひとり足りないんだ。四隅をバトンして埋めるには五人必要だ」するとお父さんがKちゃんに「祓魔の条件は東西南北に魔除《まよ》けの像を巡らせることだな」と訊いた。Kちゃんが強く頷くとお父さんは少し考えてから「よし最後に受け取った者は二辺回るんだ。そうすればカバーできる。それでやってみよう」やがて午前二時に成った頃、お父さんが黙って立ち上がるとお母さんの元に行き、仏像を手渡した。「そしてお母さんはSさんの元に来ると肩をぽんぽんと叩いて仏像を手渡してきました。Sさんは黙ってKちゃんの所へ行き肩を叩くと仏像を渡しました。Kちゃんはお父さんに云われた様に東にある神社のお札の前に仏像を一度置き、それをまた手にすると今度は南で待機していたお父さんに渡しました。部屋のなかはシーンとして靴下が床に擦れる音だけでした」Sさんが気味悪かったのは東と北を通る時だった。其処は正に女が下がっていた場所だったからだ。人間は狭い空間で同じ方向に同じリズムで移動し続けると平衡感覚を失ってくる。まして薄暗い中では余計に然うした身体的な異常に拍車が掛かった。「床がぎゅ〜っと捻《ねじ》れて見えたり、軀の左半分だけが重くなったりして……」あまりの苦しさに気絶してしまうんじゃないかと思ったが、其れでも肩に人の手が触れ、みんなが頑張っていると思うとSさんは挫《くじ》ける訳にはいかなかった。特に自分より年下のKちゃんが弟のために頑張っていたのだ。目眩《めまい》と耳鳴りがし、意識が遠のいてきた頃、窓の外がゆっくりと明るみを増してきた。と同時にみんなが顔を見合わせ、喜びを顔に浮かべていた。「私は、あと少しあと少しと心のなかで祈りながら歩いていました」そして完全に日がカーテンの隙間から射し込み、中央の蠟燭に切り込む様に強い光を当てた時、お父さんが立ち止まり「もう良いだろう」と云った。「みんな頑張ったな……先生、ありがとう」その声を聞いた途端、Sさんは腰が抜け、床にへたり込んでしまった。Kちゃんが抱きついてきた。「先生！　ありがとう！」いつもは年に似合わずクールなKちゃんが泣いていた。Sさんも思わず涙が溢れ出たという。ご両親が礼を云った。柱の時計を見ると五時を少し回ったところだった。「いま、珈琲《コーヒー》を入れますから」お母さんが云い、みんながテーブルに着いた。Kちゃんはオレンジジュースを飲み、お父さんは禁煙していたというのに一本だけと云って煙草《たばこ》を咥《くわ》えた。束《つか》の間《ま》、平和なお茶の間の光景が戻ってきたようにSさんは感じた。「本当に先生にはお世話になって」と、お母さんが目元を拭った。「私、先生の事、本当のお姉ちゃんみたいな気がしてきた」とKちゃんが云うと、ご両親が「本当にねえ」と笑った。その時、Sさんはリビングの真ん中の蠟燭が点《つ》いているのに気づいた。あんなに小さな蠟燭がまだ点いてるなんて不思議なこともあるものだと、みんなに云った。するとみんなも本当だと蠟燭を見つめた。

――グェッヒクッグェッヒクッ――Sさんの耳にあの死んだ女が死んだ軀から出した音が聞こえた。え？　と思った。思わず椅子から腰を浮かした途端、辺りが真っ暗になった。Sさんはリビングの真ん中に座っていた。手元ではあの小さな蠟燭の炎が今にも消えそうに燃えている。鴨居に左右をご両親に挟まれているKちゃんがいた。三人とも首を括《くく》り、前後にゆっくりと揺れていた。皮膚は黒ずみ、舌が飛び出し、目玉が零《こぼ》れんばかりになって彼女を見下ろしている。

「げぇ！」

W家を飛び出したSさんは明け方の道を逃げだした。

*

『駅前で交番に飛び込んだ私は当然、事情聴取されました。解放されたのは翌日の昼でした……両親による無理心中事件として報道されましたけど』「不思議だったのは死亡時刻？」『そうなんです。司法解剖に依るとみんなが死んだのは、その日の夕方前のKちゃんから電話が掛かってきた頃なんです。其の点が警察でも随分と問題になったんです。首吊《くびつ》り死体が三人もぶら下がっている中で朝まで何をしていたんだって事ですよね。でも本当の事を云っても信じて貰えなくて』「納得させるのは至難の業だったでしょう」私は頷いた。Sさんは暫く沈黙した後、『此、世の中に広めて戴きたいんです』と云った。然し、今は私はメインで実話怪談の仕事をしていない。なので知り合いのライターか編集者に連絡させますと云った。『おまえがやれ』と暗い声が返ってきた。思わず「え？」と声が漏れた。『おまえが書いておまえが読ませてバラ撒《ま》け』「あのちょっとSさん？」すると突然、絶叫が轟き、喚《わめ》き声《ごえ》に混じって『ろろるいろろるいろろるい』と呪文の様に唱えるのが聞こえた。その途端、事務所の電話がけたたましく鳴って切れた。気づいた時にはSさんの電話も切れていた。確かに番号が出ていたはずなのに着信履歴には見当たらなかった。
――今、私はこの話をどうしようかと迷っている。

◉執筆者紹介

宇佐美まこと（うさみ・まこと）
1957年愛媛県生まれ。2006年「るんびにの子供」で『幽』怪談文学賞大賞を受賞しデビュー。2017年『愚者の毒』で日本推理作家協会賞を受賞。著書に『展望塔のラプンツェル』『ボニン浄土』『月の光の届く距離』『夢伝い』など。

大島てる（おおしま・てる）
不動産の事故物件の情報提供をしている企業および事故物件情報WEBサイト、管理人の名称。日本全国および外国の殺人事件、自殺、火災などの事件や事故で死亡者の出た物件を無料公開している。

福澤徹三（ふくざわ・てつぞう）
1962年福岡県生まれ。2008年『すじぼり』で大藪春彦賞を受賞。著書に『怪談熱』『怪談実話　黒い百物語』『忌談』『怖の日常』『S霊園怪談実話集』、糸柳寿昭氏との共著『忌み地　惨　怪談社奇聞録』など。

糸柳寿昭（しやな・としあき）

怪談社所属の怪談師。語り手以外にもイベントや番組の構成・演出も担当。著書に『とこよかいわ』、福澤徹三氏との共著『忌み地　惨　怪談社奇聞録』など。

花房観音（はなぶさ・かんのん）

1971年兵庫県生まれ。2010年『花祀り』で団鬼六賞大賞を受賞しデビュー。著書に『女の庭』『指人形』『京都に女王と呼ばれた作家がいた　山村美紗とふたりの男』、「まつり」シリーズなど。

神永学（かみなが・まなぶ）

1974年山梨県生まれ。2004年『心霊探偵八雲　赤い瞳は知っている』でデビュー。著書に「心霊探偵八雲」「天命探偵」「怪盗探偵山猫」「浮雲心霊奇譚」「悪魔と呼ばれた男」などのシリーズ作品、『コンダクター』『ガラスの城壁』などがある。

澤村伊智（さわむら・いち）

1979年大阪府生まれ。2015年『ぼぎわんが、来る』で日本ホラー小説大賞を受賞しデビュー。著書に『予言の島』『うるはしみにくし あなたのともだち』『怖ガラセ屋サン』『怪談小説という名の小説怪談』など。

黒木あるじ（くろき・あるじ）

1976年青森県生まれ。2009年「おまもり」でビーケーワン怪談大賞佳作を、「ささやき」で『幽』怪談実話コンテストブンまわし賞を受賞し、2010年『怪談実話 震』でデビュー。著書に「怪談実話」シリーズ、『黒木魔奇録 狐憑き』など。

郷内心瞳（ごうない・しんどう）

1979年宮城県生まれ。拝み屋、作家。2013年「調伏」「お不動さん」で『幽』怪談実話コンテストで大賞を受賞。著書に「拝み屋怪談」シリーズ、「拝み屋備忘録」シリーズ、「拝み屋異聞」シリーズなど。

芦花公園（ろか・こうえん）

東京都生まれ。カクヨムに投稿した作品のうちの一篇である「ほねがらみ―某所怪談レポート」が話題となり、『ほねがらみ』として書籍化され、デビュー。他の著書に『異端の祝祭』『漆黒の慕情』『とらすの子』など。

平山夢明（ひらやま・ゆめあき）

1961年神奈川県生まれ。1994年『異常快楽殺人』でデビュー。2006年「独白するユニバーサル横メルカトル」で日本推理作家協会賞を、2010年に『ダイナー』で日本冒険小説協会賞を受賞。著書に『メルキオールの惨劇』『デブを捨てに』『あむんぜん』『八月のくず』など。

初出
小説現代二〇二〇年九月号／
小説現代二〇二三年九月号

超怖《ちょうこわ》い物件《ぶつけん》

平山夢明《ひらやまゆめあき》、宇佐美《うさみ》まこと、大島《おおしま》てる、
福澤徹三《ふくざわてつぞう》、糸柳寿昭《しやなとしあき》、花房観音《はなぶさかんのん》、神永学《かみながまなぶ》、
澤村伊智《さわむらいち》、黒木《くろき》あるじ、郷内心瞳《ごうないしんどう》、芦花公園《ろかこうえん》

講談社文庫

定価はカバーに
表示してあります

2022年9月15日第1刷発行
2022年10月7日第2刷発行

KODANSHA

発行者――鈴木章一
発行所――株式会社 講談社
東京都文京区音羽2-12-21 〒112-8001
電話 出版 (03) 5395-3510
販売 (03) 5395-5817
業務 (03) 5395-3615

デザイン―菊地信義
本文データ制作―講談社デジタル製作
印刷―――株式会社KPSプロダクツ
製本―――株式会社国宝社

Printed in Japan

落丁本・乱丁本は購入書店名を明記のうえ、小社業務あてにお送りください。送料は小社負担にてお取替えします。なお、この本の内容についてのお問い合わせは講談社文庫あてにお願いいたします。

ISBN978-4-06-528842-9

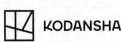

講談社文庫刊行の辞

二十一世紀の到来を目睫に望みながら、われわれはいま、人類史上かつて例を見ない巨大な転換期をむかえようとしている。

世界も、日本も、激動の予兆に対する期待とおののきを内に蔵して、未知の時代に歩み入ろうとしている。このときにあたり、創業の人野間清治の「ナショナル・エデュケイター」への志を現代に甦らせようと意図して、われわれはここに古今の文芸作品はいうまでもなく、ひろく人文・社会・自然の諸科学から東西の名著を網羅する、新しい綜合文庫の発刊を決意した。

激動の転換期はまた断絶の時代である。われわれは戦後二十五年間の出版文化のありかたへの深い反省をこめて、この断絶の時代にあえて人間的な持続を求めようとする。いたずらに浮薄な商業主義のあだ花を追い求めることなく、長期にわたって良書に生命をあたえようとつとめるところにしか、今後の出版文化の真の繁栄はあり得ないと信じるからである。

同時にわれわれはこの綜合文庫の刊行を通じて、人文・社会・自然の諸科学が、結局人間の学にほかならないことを立証しようと願っている。かつて知識とは、「汝自身を知る」ことにつきていた。現代社会の瑣末な情報の氾濫のなかから、力強い知識の源泉を掘り起し、技術文明のただなかに、生きた人間の姿を復活させること。それこそわれわれの切なる希求である。

われわれは権威に盲従せず、俗流に媚びることなく、渾然一体となって日本の「草の根」をかたちづくる若く新しい世代の人々に、心をこめてこの新しい綜合文庫をおくり届けたい。それは知識の泉であるとともに感受性のふるさとであり、もっとも有機的に組織され、社会に開かれた万人のための大学をめざしている。大方の支援と協力を衷心より切望してやまない。

一九七一年七月

野間省一